La survivante

Un nouveau monde
(Tome 1)

Gilles Fontaine

MAGNARD *JEUNESSE*

Pour Isabelle, pour Alix et pour Lola,
qui ont cru au nouveau monde.

1

LISA OUVRIT LES YEUX ; la maison était anormalement calme. Pas de bruit de cavalcade de François dévalant l'escalier, une tartine à la bouche, essayant d'enfiler des baskets qu'il n'aurait pas le temps de lacer avant de courir après le bus.

Pas de bruit dans la cuisine non plus, pas même celui de la chaise que sa mère tirait pour s'asseoir et boire un café tranquillement après le passage de l'ouragan. Pourquoi n'entendait-on pas couler l'eau dans la salle de bains ni les chansons idiotes que son père fredonnait en se rasant ?

Lisa était encore pelotonnée sous sa couette, profitant des derniers instants avant de commencer le sprint qui l'amènerait au collège. En plus, c'était mardi, son père voudrait la déposer, et elle se demandait comment lui dire sans le vexer qu'elle aimait autant prendre le bus.

D'ici à quelques minutes, sa mère monterait, passerait la tête par l'entrebâillement de la porte pour lui rappeler l'heure – comme si elle ne s'en souvenait pas !

Mais là, pas un bruit ; même la radio de la cuisine était muette. Intriguée par ces changements, elle décida de se lever. De toute façon, elle était parfaitement réveillée, et elle détestait se dépêcher pour prendre son petit déjeuner.

Elle s'habilla rapidement d'un jean et d'un sweat-shirt et, les pieds nus, descendit à la cuisine.

« Maman ? »

La pièce était vide, et rangée comme la veille. Lisa ne pouvait se souvenir d'un seul matin sans une cafetière fumante posée sur la table. Mais personne ne semblait avoir pris de petit déjeuner.

« Maman ? Papa ? »

Elle suivit le couloir qui conduisait à la chambre de ses parents et à celle de son frère. Les deux pièces étaient vides ; elle n'y trouva que les lits défaits et des vêtements en désordre. Les chaussures de sport sans lesquelles François ne serait jamais sorti étaient abandonnées au pied du lit de son frère.

Ils auraient dû être dans la maison, et pourtant elle était seule.

« Apparemment, ils sont partis précipitamment », dit-elle à voix haute ; et ce fut la première voix qu'elle entendit ce matin-là.

À la cuisine, puis dans le salon, elle chercha une note qu'ils lui auraient laissée pour expliquer ce départ soudain. Mais elle ne trouva rien et son étonnement commença à faire place à l'inquiétude. Elle tourna quelques instants dans la maison, ne sachant que faire.

Puis elle trouva : aller voir les Raffard, c'était ça, la bonne idée !

Les Raffard habitaient la maison voisine ; bien qu'ils ne soient arrivés en ville que six mois plus tôt, Manu, leur fille, était vite devenue la meilleure amie de Lisa. Les deux filles fréquentaient le même collège et s'ennuyaient souvent aux mêmes cours. Max, le frère aîné de Manu, s'entendait plutôt bien avec François. Enfin, si quelqu'un pouvait bien s'entendre avec François ! En cas d'urgence, les parents auraient sans doute laissé un message aux voisins.

La jeune fille se précipita dehors : les jardins des deux maisons communiquaient par une haie trouée de nombreux passages. En quelques enjambées, elle grimpa les marches qui menaient à la porte d'entrée.

Elle frappa, discrètement tout d'abord, car il n'était que huit heures du matin, puis avec plus d'insistance. La maison ne pouvait pas être vide : Manu n'était certainement pas encore partie, et madame Raffard ne travaillait pas. Lisa fit le tour, se demandant si elle ne faisait pas preuve d'indiscrétion. La fenêtre de Manu donnait sur l'arrière et, par chance, se trouvait au rez-de-chaussée. Les rideaux étaient ouverts, dévoilant un lit en désordre dans une chambre vide.

Lisa n'entendait aucun signe de vie en provenance de l'intérieur. Elle réalisa soudainement combien l'extérieur était également silencieux.

Où étaient les voitures, les camions de livraison, les autobus, les cris des enfants dans la rue ? Pas de

Klaxons, ni de moteurs qui accélèrent ! Pas un chien qui aboie, pas même des pleurs de bébés, pas de parents houspillant leurs enfants pour qu'ils ne soient pas en retard à l'école !

Lentement, Lisa revint vers l'avant de la maison des voisins et s'avança dans la rue qui bordait le jardin. Elle comprit alors la cause de tout ce silence qui envahissait l'atmosphère plus que n'importe quel vacarme.

Il n'y avait aucune circulation. Aucune voiture, aucun camion, pas de bus. Pas de piétons sur les trottoirs, pas d'écoliers à vélo, pas de marchands de journaux à la criée, pas de landaus poussés par des mères affairées. À ce moment-là, pourtant, les autres mardis, la rue de Lisa était encombrée et sonore ; c'était le moment où la ville se mettait en mouvement, et le quartier tranquille où elle habitait ne faisait pas exception.

De l'autre côté de la rue, la porte de la boulangerie battait doucement au vent. Quand elle avait quelques minutes avant son bus, la jeune fille ne manquait jamais d'acheter un croissant. Elle traversa la chaussée, sourit en se rendant compte qu'elle avait machinalement pris soin de regarder des deux côtés avant de s'engager sur la rue déserte.

Elle entra dans la boulangerie qui était vide ; elle ne vit ni gâteaux dans les vitrines, ni pains dans les grands présentoirs derrière le comptoir.

De l'arrière du magasin montait comme un bouillonnement.

« Il y a quelqu'un ? »

Lisa s'avança et passa la tête dans l'entrebâillement de la porte qui menait dans l'arrière-boutique. Elle découvrit une cuisine simplement meublée d'une table et de quelques chaises. Sur la cuisinière, dans l'angle de la pièce, une casserole débordait d'eau en ébullition.

« Il y a quelqu'un ? » répéta Lisa.

Par réflexe, elle éteignit le gaz sous l'eau. Cette maison-là aussi était vide.

Elle regagna la rue et, sentant monter la peur, elle entra en courant dans le café voisin, celui où on faisait une halte en rentrant des courses le samedi matin. Là non plus, il n'y avait personne. Ni clients, ni serveurs.

Elle marcha jusqu'à l'escalier qui menait à l'appartement du patron du bar et de sa famille. Elle y avait été invitée pour un anniversaire – bien ennuyeux – quelques mois plus tôt.

Elle monta les marches.

« Répondez, ohé, répondez ! »

Personne ne se manifesta ; elle continua jusqu'à la porte de l'appartement. Une poussée suffit pour l'ouvrir. Il ne lui fallut que quelques minutes pour vérifier ce qu'elle savait déjà: le petit logement était désert.

Elle redescendit dans la rue, désorientée. Pourquoi la boulangerie et le café étaient-ils restés ouverts alors que leurs propriétaires étaient partis ? Où étaient les gens ? Est-ce que tout le monde avait fui cette ville en l'oubliant derrière eux ?

Elle courut vers sa maison, se précipita dans le salon et décrocha le téléphone.

« D'abord le bureau de papa », décida-t-elle.

Elle composa le numéro en un éclair. C'était la ligne directe de son père. Personne ne répondit ; elle savait qu'au bout de quelques sonneries, l'appel serait basculé vers la standardiste de la société. Elle laissa sonner et sonner, mais personne ne décrocha, et ça, ça n'était jamais arrivé. Elle fit le numéro de sa mère, au bureau puis sur son portable, mais sans résultat. Tournant frénétiquement les pages du répertoire, elle essaya chacune de ses grands-mères, puis son oncle, mais chaque fois le téléphone sonnait dans le vide.

Lisa sentait la peur l'envahir à nouveau, mêlée à l'envie de comprendre ce qu'il se passait. La moitié de la matinée s'était maintenant écoulée, comme son estomac le lui rappelait. Elle se servit un verre de lait et attrapa un biscuit dans le panier au-dessus du réfrigérateur.

L'idée lui vint d'allumer la radio, mais elle ne crachotait que des parasites. Dans le salon, elle mit en marche la télévision ; aucune chaîne ne fonctionnait. Elle marcha au hasard dans la maison, se laissa tomber sur la première marche de l'escalier et éclata en sanglots.

Lisa était d'un caractère plutôt volontaire. Ses parents, absorbés par leurs métiers respectifs, leur laissaient, à son frère et à elle, beaucoup d'indépendance. Très tôt, Lisa avait su s'orienter dans sa ville ; elle l'avait parcourue en long et en large sur les nombreux vélos qu'elle avait reçus, anniversaire après anniversaire. Plutôt grande par rapport aux filles de sa classe, elle réussissait bien à l'école sans fournir d'efforts démesurés. Son admiration allait plus vers son professeur de danse classique et moderne que vers les enseignants du collège.

François et Lisa étaient partis plusieurs fois en colonie de vacances, et leurs parents n'hésitaient pas à les laisser seuls un week-end entier quand ils devaient s'absenter. Faire leurs courses chez les commerçants du quartier était pour eux de la routine, et ils poussaient parfois jusqu'au centre commercial pour faire les vitrines et déjeuner au fast-food.

Lisa était donc autonome, capable de faire face à bien des situations difficiles, même si la présence de son frère aîné lui donnait l'assurance qui parfois lui faisait défaut.

Pourtant, rien ne la préparait à affronter la situation étrange qu'elle découvrait depuis son réveil, ce matin-là. Son quartier semblait avoir été le théâtre d'une catastrophe de grande ampleur, qui avait conduit tous ses habitants à fuir.

Mais il n'y avait dehors aucune trace de violence, pas d'immeubles éventrés par des bombes, ni de voitures incendiées. Pas de rues inondées ; pas de maisons en flammes ; pas de fissures dans la chaussée comme on en voit après les tremblements de terre ; pas de cadavres dans les rues, pas de blessés, pas même de traces de sang.

Avant tout, il lui fallait vérifier ce qu'elle pressentait : sa ville s'était vidée de ses habitants pendant la nuit, ses parents compris, et ceux-ci n'avaient pas pu l'emmener avec eux. Peut-être simplement n'en avaient-ils pas eu le temps ? « On » était peut-être venu les chercher pendant la nuit, et « on » ne s'était pas rendu compte qu'un autre enfant dormait dans la maison. Ou peut-être ses parents avaient-ils jugé préférable de la laisser derrière eux plutôt que de l'emmener vers un destin terrible ?

Ou alors, c'était une farce. Tout le monde était caché et, quand elle redescendrait dans la rue, ses parents, ses amis et tous les habitants du quartier sortiraient de leurs cachettes en hurlant : « Surprise ! » Mais, bien sûr, elle n'y croyait pas une seconde. La situation était sérieuse, très sérieuse même.

Lisa et sa famille habitaient la rue de Nanteuil, dans un quartier résidentiel de Commentray, une petite ville d'une dizaine de milliers d'habitants située à mi-chemin de Tours et d'Orléans, à une vingtaine de kilomètres du château de Chambord.

La rue de Nanteuil débouchait sur la place Francisco de Orellana, qui abritait le square Pontianak. Elle y croisait la principale rue de la ville, l'avenue Nationale, qui menait au centre. C'est cette avenue qu'empruntait le bus qui conduisait chaque matin Lisa au collège. De l'autre côté de la place, il y avait le conservatoire du quartier, où elle suivait chaque samedi ses cours de danse.

En suivant la rue de Nanteuil après la place Orellana, on sortait de la ville au bout de quelques centaines de mètres pour arriver à la principale zone commerciale de l'agglomération et au supermarché où les parents de Lisa faisaient leurs courses. En face de la zone commerciale, sur la droite, se trouvait la piscine municipale que fréquentait François chaque mercredi pour ses cours de water-polo.

Lisa passa le reste de l'après-midi à explorer méthodiquement le voisinage à vélo, rue après rue, maison après maison. Elle avait décidé de se limiter à son quartier ; elle ne s'aventurerait dans le reste de la ville que si ses premières recherches ne produisaient aucun résultat.

Elle roulait lentement et stoppait dès que l'entrée d'un magasin, d'un immeuble ou d'une maison était ouverte. Elle visitait alors chaque pièce, vérifiant la présence d'occupants éventuels. Quelquefois, elle dut couper l'eau qui menaçait de déborder d'une baignoire ou éteindre le feu qui calcinait le fond d'une casserole.

La nuit tombait quand elle revint à son point de départ, n'ayant négligé aucune rue, ruelle ou impasse. Elle n'avait pas cherché à entrer dans les immeubles fermés, mais elle avait fouillé une centaine de boutiques ou de maisons. Elle n'y avait rencontré personne.

Le trafic n'avait pas repris. Par deux fois, pendant l'après-midi, Lisa avait repéré une voiture immobilisée au milieu de la chaussée, moteur en marche, la portière ouverte du côté gauche. Elle s'était approchée prudemment, craignant dans cette ville sans bruit d'effrayer le conducteur – elle, presque encore une enfant, effrayer le conducteur ! –, mais les deux fois la voiture était vide.

Vers cinq heures de l'après-midi, elle était repassée chez elle pour grignoter un morceau de fromage – elle avait complètement oublié de déjeuner ! Une fois encore, elle avait composé le numéro de son père puis celui de sa mère, mais personne n'avait décroché.

Elle se força à ressortir une dernière fois. Elle espérait peut-être que, quand elle reviendrait chez elle, dans une heure ou deux, ses parents et François seraient rentrés et l'attendraient, chacun affairé à ses occupations habituelles, remarquant à peine son retour.

Elle voulait retourner à son école de danse, qu'elle n'avait pas inspectée jusqu'à présent, sans doute par peur de découvrir que toute cette partie de sa vie avait elle aussi disparu.

Il lui suffit de pousser la porte pour entrer dans le hall de l'école. À gauche et à droite s'ouvraient deux grandes salles de danse, équipées de barres et de miroirs. Un escalier démarrait au bout du couloir. Il faisait un coude avant d'arriver au grenier.

Lisa avait à peine fait quelques pas dans le hall qu'elle entendit des bruits sourds ; quelqu'un marchait au-dessus, certainement sur la pointe des pieds.

Retenant sa respiration, la jeune fille avança précautionneusement jusqu'à l'escalier et entreprit de gravir les marches. Elle passa l'angle et discerna enfin la porte qui menait du palier au grenier. Lisa était partagée entre l'envie d'appeler et celle de se taire ; après tout, la disparition des habitants de la ville était peut-être due à une force ennemie dont il était plus prudent de rester cachée. Elle choisit de garder le silence et poursuivit sa montée vers les combles. Elle distinguait mieux maintenant les craquements que produisait l'inconnu en se déplaçant sur le plancher en bois.

Lisa appuya son oreille contre la porte. Si plusieurs personnes se trouvaient dans le grenier, elles ne parlaient pas, car on ne percevait aucune voix. Elle se décida enfin à entrouvrir la porte et à glisser la tête, juste à temps pour voir s'envoler par la fenêtre le hibou qui avait fait du grenier sa résidence.

Une nouvelle fois profondément déçue, Lisa ne put que se résoudre à regagner sa maison. La nuit tombait et elle se hâta de franchir les quelques centaines de mètres qui la séparaient de la sécurité.

Bien sûr, il n'y avait personne à la maison, personne ne répondait au téléphone, et ni la radio ni la télévision ne lui expliquaient ce qu'il se passait ou même simplement ne lui tenaient compagnie.

Par la fenêtre, elle contemplait son quartier hier plein de vie et aujourd'hui désert, sa rue où les lampadaires n'éclairaient plus personne.

S'arrachant à son angoisse, elle se prépara un dîner froid en se demandant si elle pourrait dormir. Elle remarqua brusquement que les réverbères commençaient à s'éteindre un par un.

Depuis le bout de la rue, l'obscurité cheminait peu à peu vers elle. À cet instant, toutes les lumières de la maison s'éteignirent, et Lisa, en essayant vainement de rétablir l'électricité, réalisa qu'elle était vraiment seule.

2

LE PARKING ÉTAIT PRESQUE DÉSERT. La disparition avait eu lieu la nuit, pendant que la plupart des gens dormait. Lisa s'approcha de l'entrée du centre commercial ; les portes automatiques ne fonctionnaient plus.

Quelques heures plus tôt, en se réveillant, la jeune fille s'était rendu compte, à sa grande surprise, qu'elle avait dormi toute la nuit dans le canapé du salon. La fatigue accumulée la veille avait été plus forte que l'angoisse de se trouver seule dans la maison. Les bougies qu'elle avait oublié d'éteindre s'étaient complètement consumées.

Quand elle sortit de chez elle, il était près de midi. Elle constata que les feux de circulation qui la veille fonctionnaient encore étaient éteints : elle comprit que Commentray tout entière était désormais privée d'électricité. Lisa décida de poursuivre son exploration et choisit de se diriger vers le supermarché. Si la situation devait durer, il lui faudrait pouvoir se ravitailler.

Elle parvint à écarter les portes automatiques sans effort. C'était prévu pour que les clients puissent facilement évacuer le magasin en cas de panne. Elle n'avait jamais vu la galerie commerciale ainsi, complètement déserte. Ses pas semblaient résonner à plusieurs kilomètres.

Avant de franchir la rangée de caisses, Lisa remarqua le marchand de cycles chez qui ses parents avaient acheté plusieurs de ses vélos. Abandonnant sa vieille bicyclette, elle ne résista pas à la tentation d'enfourcher le plus beau des tous-terrains de la vitrine, et elle se faufila à l'intérieur du supermarché.

Elle parcourut les allées, sans objectif précis. Elle remarqua l'eau qui s'écoulait des rayons des surgelés : la réfrigération avait cessé depuis la veille, et déjà frites et haricots verts dégelaient. Poussant son vélo à la main, elle remplit un sac en plastique de provisions choisies au hasard, puis ressortit du supermarché, le sac accroché au guidon du VTT.

Elle avait décidé de l'emprunter encore un peu, même si elle ne savait pas bien à qui demander l'autorisation.

Lisa avait exploré le reste du centre commercial ; à présent, la nuit allait tomber et elle préférait rentrer avant que l'obscurité complète lui complique le retour. Entre le centre commercial et la place Orellana, la rue longeait l'hôpital. Le portail principal était ouvert sur la cour, bordée de grands bâtiments austères. Lisa freina en catastrophe : elle avait aperçu une fenêtre éclairée au rez-de-chaussée. Elle se dirigea vers le bâtiment du fond et entra dans la pièce. Elle était vide.

La jeune fille actionna les interrupteurs des autres salles. Partout, la lumière s'allumait ; l'hôpital disposait donc de son propre système électrique. Au sous-sol, Lisa découvrit les cuisines et prit aussitôt sa décision : s'installer à l'hôpital lui donnerait à nouveau lumière, chauffage et nourriture chaude. Le déménagement devrait attendre le matin suivant, mais dès le lendemain, son confort s'améliorerait sensiblement.

Lisa consacra les premières heures de la matinée suivante à préparer ce qu'elle comptait emporter à l'hôpital, au moins pour son premier voyage.

La valise contenait des vêtements, un stock de conserves, quelques livres, un sac de couchage. Au dernier moment, elle avait aussi ajouté la radio de la cuisine. Les retransmissions reprendraient peut-être. En sortant, Lisa avait verrouillé la serrure, ne sachant quand elle reviendrait chez elle.

Pas question de trimbaler cette valise à vélo. Lisa commença à tirer son fardeau mais s'immobilisa au bout de quelques mètres. Elle réfléchit un instant, puis, déposant la valise sur le trottoir, marcha vers l'une des voitures arrêtées en travers de la rue.

« C'est une très, très mauvaise idée », se dit-elle tout en s'installant au volant.

Les clés étaient sur le contact. Elle avait plusieurs fois conduit la voiture sur les genoux de son père ; les derniers temps, il lui laissait même enclencher les vitesses. Lisa connaissait la théorie ; pédale de gauche pour passer les vitesses ; milieu pour freiner ; droite pour accélérer. Elle récupéra la valise et la chargea sur le siège du passager. Le moteur se mit en marche au premier tour de clé. Lisa débraya, engagea la première vitesse et relâcha prudemment la pédale.

La voiture fit un bond en avant, la plaquant sur le siège. Elle parvint facilement à reprendre le contrôle du véhicule et roula dans la rue de Nanteuil en direction de l'hôpital à la vitesse d'un piéton fatigué.

« Plutôt facile, en fait. Et si on essayait la seconde ? »

L'apprentie conductrice passa la vitesse supérieure, moyennant quelques cahots et une légère embardée. Elle savait lire la jauge, qui indiquait un réservoir à moitié plein. Il était tôt, finalement : pourquoi donc ne pas s'offrir quelques détours avant de rejoindre l'hôpital ?

Elle obliqua vers le centre-ville. Un moment d'inattention lui valut un détour sur un trottoir, où elle arracha un panneau publicitaire. Mais ce fut sans plus d'encombres qu'elle gagna la place du Palais, qui marquait le centre-ville. Après quelques tours du rond-point, elle décida à regret de s'engager dans l'avenue qui la ramènerait vers l'hôpital.

Ce fut alors qu'elle repéra l'éléphant.

Parmi d'autres curiosités, Commentray comptait un zoo d'une assez grande notoriété. Il avait été récemment remis à neuf pour accueillir un couple de lions et quelques girafes supplémentaires. La municipalité avait investi dans un système de surveillance ultramoderne : des caméras embusquées aux quatre coins du parc permettaient aux gardiens de surveiller animaux et visiteurs depuis leur poste de contrôle. Les cages et les enclos étaient pourvus de portes électriques manœuvrées à distance.

Simba était un éléphant d'une quinzaine d'années, né en liberté. Malgré dix années de captivité, il vérifiait quotidiennement de sa trompe la solidité des palissades qui l'emprisonnaient. Quand l'alimentation électrique de la ville avait cessé de fonctionner, il lui avait fallu plusieurs heures pour découvrir qu'il était libre. Il avait repoussé la porte d'une trompe désinvolte et s'était rué à la reconquête de son environnement.

Lisa réussit à arrêter la voiture ; l'animal lui faisait face. Le pachyderme arrivait à la hauteur du premier étage des immeubles. Sans quitter la voiture des yeux, il arrachait des brassées de feuilles aux platanes qui bordaient l'avenue.

L'animal se serait probablement éloigné si Lisa, les mains crispées sur le volant, n'avait déclenché un formidable coup de Klaxon.

L'éléphant s'immobilisa un instant, cessant de mâcher les feuilles qu'il engloutissait à bon rythme ; il barrit à pleins poumons et se lança vers la voiture, trottant d'abord, puis accélérant jusqu'à charger. Lisa voyait la masse grise se rapprocher ; chacun de ses pas faisait trembler le sol.

Tout en attaquant, la bête arracha de la trompe une poubelle, la brandit au-dessus de la tête et la projeta vers Lisa. L'objet rebondit avec fracas sur le toit de la voiture.

Il ne lui restait que quelques secondes pour réagir. Agrippant sa valise, l'adolescente se précipita hors de l'automobile et courut vers le porche de l'immeuble le plus proche. Il resta fermé, insensible aux efforts de Lisa qui hurlait en frappant la porte de ses deux poings. L'éléphant n'était plus qu'à quelques mètres.

Elle plongea dans une cabine téléphonique et tira la porte coulissante vers elle. Mugissant encore, le monstre se cabra presque devant la voiture et commença à l'aplatir méthodiquement. Les vitres cédèrent les unes après les autres, pendant que l'animal piétinait le capot, le coffre et enfin le toit.

Mais Simba n'en avait pas fini. Il s'approcha de la cabine téléphonique, indécis. Il tâtait les panneaux de verre de la trompe, semblant hésiter sur la conduite à tenir.

« Je veux que tu t'en ailles, je veux que tu t'en ailles », gémissait Lisa.

Enfin, comme à regret, l'éléphant s'éloigna lentement, poussant un dernier barrissement de victoire.

Lisa resta de longues minutes prostrée sur le sol de son refuge avant de déguerpir. Elle venait de comprendre que, loin d'être seule, elle devrait partager sa ville.

3

IL SE RÉVEILLA. Regarda autour de lui. Tim le ronfleur n'était pas sur sa paillasse. Il se leva en repoussant la vieille couverture trouée – pas de draps sur ce lit ! Il poussa la porte du dortoir, entra dans l'atelier. Il avança dans le noir. Les presses étaient immobiles et personne ne s'affairait devant les établis. Aucun son ne sortait des haut-parleurs.

Élias travaillait dans le Sout' – le souterrain. L'orphelinat l'avait placé à l'usine de moulage de plastique. Il y travaillait depuis l'âge de six ans. L'usine était clandestine ; le directeur avait passé un accord avec l'orphelinat. Ce qu'Élias gagnait, les responsables de l'orphelinat le garderaient jusqu'à ses dix-huit ans.

S'il atteignait dix-huit ans.

Normalement, les machines ne s'arrêtaient jamais. Normalement, les surveillants ne s'en allaient jamais. Ils changeaient juste de visage.

Élias traversa l'atelier plongé dans l'obscurité. Au-dessus de la porte du fond brillait un panneau lumineux vert, défoncé: « ORTIE ». Le « S » était depuis longtemps effacé.

Depuis sept ans, Élias ne rêvait que d'une chose : sortir de l'atelier. La porte du fond était fermée à clé. Il savait qu'il y en avait une autre, du côté des établis. Celle-ci était ouverte.

À force de vivre dans la pénombre, Élias y voyait comme un chat. Il marcha pieds nus dans un couloir. Les murs ruisselaient d'humidité. Des portes jalonnaient chaque côté mais Élias préférait avancer droit, loin de l'atelier. Nouvelle porte, nouveau labyrinthe. Il tourna à droite ; à gauche ; il continua. Plus du tout de lumière…

Il était loin de l'atelier. Il était en sécurité. Il était perdu. Il se laissa glisser à terre.

Un bruit, soudain. Il avait dû dormir quelques minutes. Un bruit métallique, comme la cuillère dans la gamelle. De l'autre côté du mur. Pourtant, il n'y avait pas de porte de ce côté. Il regarda ; il réfléchit.

Il remarqua la trappe d'aération dans le mur, sauta, s'agrippa, retomba en arrachant la grille. Il sauta encore, escalada, rampa, s'écorcha la main. Prisonnier en fuite, il suivit le conduit, un coude à gauche, tout droit, virage à droite. Le bruit devenait toujours plus net.

Le passage débouchait dans une autre pièce. De l'autre côté de la grille, Élias aperçut une fille. Assise à table, elle mangeait. Une cage était posée à côté de son assiette. Elle parlait à l'animal. Elle l'appelait « Dimanche ». Soudain, la fille se leva. Elle était mieux habillée que celles de l'atelier. Plus propre. Plus jolie. Dans la pièce, il y avait des réfrigérateurs, des cuisinières, des éviers. Une cuisine. Le conduit donnait sur la cuisine du sous-sol de l'hôpital.

À l'usine de plastique, on apprenait à observer sans rien dire, sans rien faire. Élias ne fit pas un bruit tant que la fille resta dans la cuisine. Quand elle sortit, il pivota sur lui-même et fit sauter d'un coup de pied la grille du conduit. Il glissa hors du conduit, souple comme un serpent. Dans l'escalier de secours, il entendait la fille qui montait un étage plus haut. Il la suivit et la guetta quand elle ressortit de sa chambre puis quand elle quitta l'hôpital.

Il jeta un œil au repaire de la fille, et de la bête. Un vrai lit avec des pieds, des tissus blancs pour mettre entre la couverture et la peau. Sans se faire voir, il rattrapa la fille. Elle avait pris un vélo. Il dut courir.

Il suivait la fille à distance. Elle entra dans le centre commercial. Pour Élias, qui ne connaissait que l'atelier, c'était immense. Beaucoup mieux que le Sout' ! Il s'approcha.

Le supermarché tout entier sentait la pourriture. À l'entrée, la cabine du Photomaton. Sur la cabine, des photos. D'abord, Élias pensa que c'était celles des gens qui habitaient le Photomaton ; comme il n'entendait rien, il écarta doucement le rideau. C'était vide, juste un siège et un miroir. Élias s'assit, tourna et se regarda. C'était très amusant.

Par l'entrebâillement du rideau, Élias distingua la fille au milieu des rayons du supermarché ; elle entassait des boîtes dans un sac en plastique. Il voulut se rapprocher, mais déjà elle revenait. À vélo, elle s'éloigna du centre commercial. Élias savait maintenant où elle vivait. Alors, il allait rester un peu ici. Se trouver une planque.

Après le départ de la fille, Élias avait fait quelques pas devant le centre commercial. Il avait vite repéré la piscine, dont on voyait l'eau du bassin miroiter depuis la rue. La grande porte d'entrée était verrouillée, mais il avait découvert une fenêtre ouverte à l'arrière du bâtiment. Il avait tout de suite décidé de s'installer là.

Pour Élias, choisir la piscine comme maison, c'était comme s'installer au bord de la mer pour un enfant qui aurait connu une vie plus facile. L'eau de la piscine avait changé de couleur; des micro-algues lui faisaient comme une bâche verte ; et il était impossible de discerner le fond depuis la surface.

Mais Élias ne savait pas que l'eau d'une piscine n'était pas verte. Il avait même oublié qu'il faut savoir nager pour se jeter dedans. Par chance, il avait sauté du petit côté et il avait pu reprendre pied.

Dormir près du bassin, c'était un peu intimidant ; après tout, la veille encore, il n'avait droit qu'à un étroit matelas. Toujours aux aguets, il s'était glissé dans chaque recoin de la bâtisse, avant de s'installer dans la chaufferie. Même si les chaudières étaient maintenant éteintes, la pièce conservait quelque chose de chaleureux, d'intime et de protecteur. Quelques peignoirs de bain, deux ou trois serviettes lui servirent à aménager un lit luxueux à ses yeux.

Aussi loin que remontaient ses souvenirs, il dormirait seul pour la première fois.

Allongé, dégustant un vieux fromage à moitié pourri qu'il était retourné chercher au supermarché, buvant de larges rasades de vin au goulot d'une bouteille qu'il avait prise au hasard d'un rayon, il récapitulait les leçons de cette journée extraordinaire.

La disparition des autres enfants esclaves et de leurs surveillants était inexplicable. Même s'il n'avait jamais connu la surface, au moins depuis la perte de ses parents, il comprenait que la ville n'aurait pas dû être vide d'habitants. Sinon, à quoi auraient servi toutes ces maisons, toutes ces rues, tous ces engins abandonnés ?

Il n'avait vu que cette fille. Il comprenait qu'elle faisait partie de sa vie, maintenant ; peut-être pourrait-elle lui raconter tout ce qu'il avait raté pendant ces longues années de captivité. Mais il y réfléchirait à deux fois avant de se montrer à elle, car la crainte des autres était depuis longtemps gravée dans son cœur.

Le vin commençait à faire effet. Un sommeil irrésistible gagnait Élias, épuisé aussi par ce jour qu'il n'aurait jamais pensé vivre. Mais, avant de s'endormir, se souvenant d'une autre histoire qu'un grand du Sout' lui avait racontée, il prit une résolution :

« Toute cette flotte, il lui faudrait des poissons ! »

4

Un mois avait passé. Personne n'était réapparu, et la radio restait muette. Dans certains quartiers, l'air devenait difficilement respirable, à cause des ordures qui n'avaient pas été ramassées le matin de la Disparition. Les jardins publics, n'étant plus entretenus, étaient envahis par les herbes folles.

On avait un jour raconté à Lisa qu'à Paris les rats envahissaient chaque nuit les stations de métro, avant d'être mis en fuite au matin par la reprise de la circulation des rames. Elle savait donc que les animaux reprendraient peu à peu possession de la cité.

Après l'électricité, l'eau aussi était devenue un problème, et même une menace. Elle avait continué à s'accumuler dans les réservoirs de la ville, alimentés par la rivière. Comme personne n'en utilisait plus, la pression était montée dans les canalisations qui cédaient en de nombreux endroits.

Certaines maisons étaient inondées parce que tous les robinets avaient été arrachés des conduites. Des geysers surgissaient au milieu des trottoirs. L'eau stagnait dans certaines rues, provoquant l'apparition de petits lacs infranchissables à pied. Dans l'un des plus hauts immeubles de Commentray, elle dévalait continuellement les escaliers depuis le quinzième étage jusqu'à la rue, où elle jaillissait en torrent.

Comme elle l'avait décidé, Lisa avait emménagé à l'hôpital.

Après une rapide inspection, elle avait choisi une chambre d'infirmière, dans le service de chirurgie. Elle était équipée d'un verrou, alors que les chambres de malade ne fermaient pas à clé. La pièce était meublée d'un simple lit, d'une chaise et d'une table rustiques. Une porte donnait sur une petite salle de bains pourvue d'un lavabo et d'une douche.

Le service de chirurgie était installé au premier étage, un peu loin des cuisines situées au sous-sol. Avant la Disparition, les chariots des repas empruntaient l'ascenseur à quelques mètres de sa chambre ; de peur de se voir bloquée, elle préférait utiliser l'escalier de secours, si faiblement éclairé qu'elle ne pouvait s'y aventurer qu'équipée d'une lampe de poche.

Lisa se sentait plus en sécurité au premier étage qu'au rez-de-chaussée. Elle n'avait pas revu l'éléphant, mais, la nuit, elle percevait souvent des bruissements étranges sous ses fenêtres. Une brochure trouvée sur une table de la salle d'attente énumérait les espèces pensionnaires du zoo. L'adolescente avait ainsi une idée assez précise des animaux qui pouvaient rôder dans la ville ; elle était persuadée que les tigres venaient régulièrement visiter la cour de l'hôpital. Par contre, elle n'en avait aperçu aucun pendant la journée : les félins devaient dormir le jour et chasser la nuit.

Elle avait entrepris d'explorer les lieux, couloir après couloir et pièce après pièce. Elle savait qu'elle devait économiser l'électricité, et elle voulait s'assurer qu'aucune lampe ou qu'aucun appareil ne fonctionnaient encore. Mais la besogne était accablante.

Des plans situés à chaque escalier permettaient aux malades et aux visiteurs de se repérer. On dénombrait cinq bâtiments distincts. Le plus haut comptait cinq étages, le plus bas, trois. Il y avait plus de trente chambres pour le seul étage du service de chirurgie, sans compter les salles communes.

En descendant aux cuisines, Lisa avait compris qu'un vaste réseau d'installations souterraines sillonnait le sous-sol : garages, ateliers, chaufferies, stockages. Mais, pour l'heure, l'adolescente s'était bornée à l'inspection des abords immédiats de son nouveau foyer. L'habituelle odeur d'éther était présente, mais moins fortement que dans son souvenir, quand elle avait dû faire recoudre une petite plaie au genou.

La plupart des lits des chambres étaient en désordre, preuve qu'ils étaient occupés au moment de la Disparition. Certains placards étaient occupés par des vêtements. Les trousses de toilette reposaient toujours sur les lavabos des salles de bains, des livres ou des revues sur les tables de nuit. Quelques téléviseurs encore allumés ne montraient qu'un écran gris.

C'est au laboratoire qu'elle avait fait sa découverte la plus intéressante.

Une vingtaine de hamsters en cage attendaient de servir de cobayes aux chercheurs. Faute d'avoir été remplacée, la litière empuantissait l'atmosphère. Les petits rongeurs n'avaient pas été nourris depuis longtemps, ce qui expliquait probablement leurs piaillements incessants.

Il fallut une dizaine de voyages à Lisa pour descendre les cages dans la cour de l'hôpital. Elle espérait qu'aucun animal échappé du zoo ne viendrait troubler son « opération Liberté ». Quand toutes les petites prisons furent installées dans la cour, elle ouvrit la première et constata à son grand désespoir que le hamster refusait absolument d'en sortir. Elle continua néanmoins à ouvrir les portes.

Arrivée à la dernière, elle hésita un instant. Elle remonta la cage dans sa chambre, nettoya la litière et nourrit le petit animal avec le sac de grains trouvé au laboratoire. Elle avait lu avec passion *Robinson Crusoé* quelques mois plus tôt ; le naufragé avait donné à son nouveau compagnon le nom de « Vendredi », en souvenir du jour de leur rencontre. Après un bref coup d'œil au calendrier accroché au mur de sa chambre, elle baptisa son hamster « Dimanche ».

Lisa avait poursuivi l'exploration des rues, à pied ou à vélo. Prudemment, et en évitant scrupuleusement le quartier du zoo. Elle avait décidé de signaler sa présence pour le cas où quelqu'un réapparaîtrait.

Elle avait tracé ses premiers messages à la craie, mais la première pluie les avait effacés. Une bombe de peinture orange fluorescente trouvée à l'hôpital s'avéra une solution plus efficace. Elle espérait que les habitants, quand ils reviendraient, ne seraient pas fâchés des tags qui décoraient les murs.

La première inscription recouvrait presque entièrement le muret qui bordait le jardin de sa maison. JE SUIS À L'HÔPITAL - LISA. En plus petit, elle avait ajouté : « Mais je ne suis pas malade », et elle espérait que ça ferait rire au moins une personne, un jour.

Comme autant de messages en bouteille, elle répéta sa déclaration au hasard des rues. RENDEZ-VOUS À L'HÔPITAL - LISA ou RENDEZ-VOUS À L'HÔPITAL S'IL VOUS PLAÎT - LISA. Quand elle comprit, à son poids, que la bombe de peinture était presque vide, elle abrégea en HÔPITAL - LISA. Mais plus elle taguait les murs, plus elle prenait conscience de l'inutilité de ses efforts.

Quand elle fut à court de peinture, son dernier message commençait par : JE VOUS EN PRIE....

La dernière visite au supermarché datait d'une semaine.

Tous les étals de produits frais étaient gagnés par la pourriture, et l'odeur était suffocante. À en juger par la date de péremption, la plupart des autres produits étaient également avariés. Le riz, les pâtes, la farine, qui se conservaient plus longtemps, étaient eux aussi attaqués, mais pas par le pourrissement : de nombreux paquets étaient éventrés, ce qui confirma Lisa dans l'idée que les animaux lui disputeraient bientôt le contrôle des rues.

Elle avait renoncé à conduire après sa première expérience malheureuse. À la place, elle avait trouvé une petite charrette dans son garage, qu'elle s'était débrouillée pour atteler à son VTT. Elle avait ainsi récupéré une nouvelle provision de conserves, quelques biscuits, des tablettes de chocolat.

Elle avait compris, devant le rayon des boissons, qu'elle ne pouvait espérer que l'eau du robinet reste longtemps potable. Elle savait que l'eau était traitée avant d'être distribuée, et elle se doutait que la station d'épuration n'était plus alimentée en électricité. Elle avait donc rempli sa charrette de bouteilles d'eau minérale. Pour ne pas avoir à pénétrer à nouveau dans le supermarché, elle avait déplacé toutes les bouteilles restantes à l'entrée du centre commercial, près du Photomaton.

C'était une semaine plus tôt.

Maintenant, elle était de retour devant la pile de bouteilles. Une bonne dizaine d'entre elles avaient disparu.

Dans sa chambre verrouillée, Lisa rabâchait toutes les hypothèses.

« Première possibilité : je perds la boule. Mais j'avais compté les bouteilles, en les disposant : cent bouteilles, comme cent jours de réserve d'eau. »

Elle réfléchit un instant.

« Deuxième possibilité : un singe échappé du zoo. Un singe qui boit à la bouteille ? Il n'y a qu'à la télévision qu'on voit ça. »

Elle reprit une cuillerée de la crème dessert qu'elle avait ouverte quelques minutes plus tôt.

« Troisième possibilité... »

C'était presque impossible à envisager après le mois qu'elle venait de vivre.

« Troisième possibilité : je ne suis pas seule dans cette ville. »

L'idée était à la fois éblouissante et terrifiante. Enfin, parler à quelqu'un – quelqu'un d'autre que Dimanche. Se débarrasser de cette épouvantable impression de solitude complète, partager l'angoisse de cette situation insupportable. S'entraider pour mieux s'organiser, décider peut-être de pousser plus loin que les limites de la ville l'exploration de ce nouveau monde.

« Mais si quelqu'un d'autre a survécu à la Disparition, comment est-il possible qu'il ne m'ait pas aperçue alors que j'ai traversé les rues en long, en large et en travers ? »

Puis elle pensa à tous les messages qu'elle avait peints sur les murs de la ville, et la conclusion s'imposait d'elle-même. Il l'avait vue, et il n'avait pas voulu se montrer.

Était-ce parce qu'elle représentait un danger pour lui ? Ou parce qu'il en représenterait bientôt un pour elle ?

5

LISA AVAIT RECULÉ LE MOMENT au maximum, mais elle savait qu'elle devait assurer son approvisionnement en électricité. Le soir précédent, la lumière avait faibli sans complètement s'éteindre, avant de se rétablir au bout de quelques secondes.

Elle supposait qu'il y avait, quelque part dans l'hôpital, un groupe électrogène, cette machine qui génère de l'électricité à partir d'un moteur à essence. Il fallait qu'elle le localise, qu'elle trouve son réservoir et de quoi le remplir.

Il était évident que le générateur devait se trouver avec les autres installations techniques, quelque part au sous-sol.

Lisa connaissait un seul point d'accès, la cuisine, où plusieurs portes ouvraient vers des endroits inconnus qu'elle n'avait pas osé explorer.

« Opération Survie », dit-elle à voix haute pour trouver le courage qui lui manquait.

Elle s'équipa de la lampe électrique qui ne la quittait jamais tant qu'elle était dans les murs de l'hôpital, et d'un carnet où elle pensait noter l'itinéraire vers le groupe électrogène et toutes les indications qu'elle pourrait trouver sur son fonctionnement.

La première porte conduisait à la blanchisserie. Elle vit une dizaine de grandes machines à laver alignées. Dans des paniers à linge, des draps et des taies d'oreiller attendaient d'être lavés. Plusieurs placards contenaient des piles de linge propre.

Une seconde porte donnait de la cuisine dans un couloir sombre. Lisa avait recopié sur son carnet le plan du sous-sol qui figurait près de l'escalier, à l'entrée de l'hôpital. Elle ne pouvait pas deviner que les sous-sols de l'hôpital avaient été complètement rénovés et réorganisés. Les travaux s'étaient terminés deux mois auparavant, et les plans n'avaient pas encore été mis à jour.

Suivant les indications du carnet, Lisa progressa dans les couloirs pendant une vingtaine de minutes, avant de se rendre compte que les lieux ne correspondaient pas au plan qu'elle avait sous les yeux. Elle voulut faire demi-tour, mais elle s'était trop avancée : le carnet ne lui servirait pas plus à trouver son chemin de retour qu'il ne lui avait permis de localiser le générateur.

Au bout de quelques minutes, elle en fut réduite à ouvrir les portes et à enfiler les couloirs au hasard ; elle avait perdu tout point de repère.

Appuyée à un mur dégoulinant d'humidité, elle faisait des efforts désespérés pour ne pas céder à la panique.

« Réfléchis, ma vieille, qu'est-ce que tu as comme possibilités ? Un, tu continues d'avancer au hasard vers la sortie introuvable ; deux, tu attends des secours qui n'arriveront jamais ; trois, tu pleures un bon coup et tu vois ce que ça donne. »

Se laissant glisser et s'asseyant sur le sol, elle adopta la troisième solution.

Le groupe électrogène servait rarement ; on se contentait de contrôler, tous les six mois, le niveau du réservoir. Au moment de la Disparition, la dernière vérification remontait à plus de cinq mois. Depuis, contrairement à l'habitude, le groupe électrogène ne fonctionnait plus comme simple unité de secours mais en permanence, et il restait environ vingt minutes d'énergie dans le réservoir du générateur quand Lisa entama son expédition.

Il tomba en panne au moment précis où Lisa, assise dans un couloir froid et désert, désespérait de retrouver son chemin.

Lisa alluma la lampe torche. Elle avait immédiatement compris que sa seule source d'énergie, celle qui lui permettait de s'éclairer, de se chauffer, de faire cuire ses repas, de prendre une douche chaude, venait de se tarir. Elle se releva et braqua la lampe autour d'elle. Elle découvrit une porte, une de plus, qu'il lui sembla ne pas avoir encore empruntée. À la différence des autres, celle-ci s'ouvrait au moyen d'un large volant qu'il fallait faire tourner pour déverrouiller la porte avant de pouvoir la tirer. Il était évident qu'un tel mécanisme avait pour objectif soit de protéger, soit d'enfermer quelque chose de particulièrement précieux.

Tirant à grand-peine le lourd battant, elle découvrit une pièce qui, à la lumière de sa lampe de poche, lui parut grande comme un préau d'école. Attrapant une chaise, elle prit soin de bloquer l'ouverture qu'elle venait de franchir, car il n'y avait pas de mécanisme de ce côté-ci de la porte.

La pièce était occupée par des dizaines de machines dont Lisa ne connaissait pas l'utilisation. Devant chacune, un tabouret haut devait servir aux ouvriers. Des caisses étaient remplies de divers objets en plastique : verres jetables, porte-clés, règles d'écolier, pochettes de disques compacts. Au fond, un grand container renfermait des déchets, les restes de plastique inutilisés.

Intriguée, Lisa poursuivit son exploration. Le temps pressait pourtant, les piles de la lampe ne seraient pas éternelles. Une nouvelle porte donnait sur une salle où étaient disposés des matelas, comme jetés au hasard, recouverts de couvertures informes.

Elle compta rapidement ; la chambre comptait au moins cinquante lits, ceux des ouvriers évidemment.

« Qu'est-ce que cette usine fait ici ? » se demanda l'adolescente.

Lisa avait vu à la télévision des reportages décrivant les conditions terribles dans lesquelles on vivait et on travaillait dans certains pays. Mais c'était loin d'ici, loin de chez elle.

Un léger bruit, dans la première pièce, la fit se retourner. Elle revint dans l'atelier et braqua sa lampe vers la porte d'entrée.

La chaise ne bloquait plus l'ouverture. La porte s'était refermée.

Après son installation dans la chaufferie de la piscine municipale, Élias avait commencé à explorer les rues. Il se nourrissait avec ce qu'il trouvait dans les boutiques abandonnées, se méfiant seulement de ce qui sentait trop mauvais.

Il avait découvert l'aquarium municipal, où seuls certains poissons avaient survécu à un mois de privation de nourriture. Il avait fixé comme il pouvait, sur un chariot du supermarché, un seau déniché dans les vestiaires de la piscine. Il se tenait à présent devant les vitrines de l'aquarium, dans la salle des poissons de rivière.

« En chasse ! »

Il ramassa l'épuisette abandonnée dans un coin de la pièce et captura au hasard tous les poissons qui manifestaient encore un peu de vitalité ; puis il les relâcha dans la bassine accrochée au chariot. Quand le bac fut plein, il se dirigea vers la piscine municipale, où il le déversa dans le bassin. C'était son vingt-huitième voyage.

Curieusement, presque tous les poissons qui avaient précédé ceux qui découvraient leur nouvelle demeure avaient survécu à cette réinstallation sauvage dans l'eau chlorée et tiède.

Élias nourrissait bien ses invités ; il déversait dans le bassin un assortiment choisi sur les rayons du supermarché : pain durci, camemberts pourris, mottes de beurre, et plusieurs paquets de céréales, car, après tout, les poissons aussi avaient droit à un dessert. Ceux-ci avaient l'air d'apprécier, car ils se ruaient à la surface pour se disputer la nourriture qu'il leur lançait.

Il n'y avait que pour nager, ou plutôt barboter, ce qu'Élias ne manquait jamais de faire chaque matin, que le mélange d'algues vertes et d'aliments qui avaient résisté à la voracité des pensionnaires était parfois un peu rebutant.

Par chance, il n'avait choisi que des poissons d'eau douce, et aucun piranha.

Après avoir longtemps hésité, Élias avait décidé de provoquer une rencontre avec Lisa. Il voulait maintenant qu'elle connaisse son existence, qu'elle sache qu'elle n'était pas seule dans cette ville. Pour lui aussi, la présence de la jeune fille était un réconfort.

Il faut dire aussi qu'il était prodigieusement intéressé. Il n'y avait que des garçons à l'usine du Sout' ; les filles de l'orphelinat étaient placées ailleurs. Élias supposait qu'elles travaillaient quelque part dans des cuisines, car les seules filles qu'il voyait étaient celles qui livraient les repas deux fois par jour – soupe et pain le matin ; soupe, jambon et pain le soir. Elles laissaient les chariots de repas à l'entrée de l'atelier et Élias ne pouvait les entrevoir que quelques instants. C'était l'un de ses plus grands plaisirs.

Le garçon traversa la cour de l'hôpital et entra dans le bâtiment qui hébergeait le service de chirurgie. Il avait déjà repéré la chambre de Lisa. La porte était ouverte, la chambre déserte ; la jeune fille ne verrouillait que quand elle s'y trouvait.

Élias descendit l'escalier de secours, vers les cuisines. Il hésitait à s'enfoncer dans les sous-sols, ne sachant pas s'il parviendrait à retrouver son chemin. Sur le mur du fond, il vit l'ouverture du conduit qui lui avait permis de s'échapper du souterrain. La fille n'avait certainement pas remarqué la trappe arrachée.

Il s'approcha du conduit, tendit l'oreille. Un bruit sourd et régulier arriva à ses oreilles par le circuit d'aération. L'idée de retourner au Sout' le glaçait, et il aurait fait demi-tour s'il n'avait discerné, mêlée au bruit des chocs, une voix à peine audible. Il attrapa une chaise, l'adossa au mur et se hissa dans le circuit d'aération. Élias était doté d'une mémoire visuelle exceptionnelle. Sans livre à lire, ni télévision à regarder, il occupait la plus grande part du temps libre que ses geôliers lui laissaient à observer minutieusement son environnement.

Sa paillasse était installée le long d'une paroi. Élias imaginait sur ce mur le plan d'une ville rêvée, avec ses rues, ses immeubles, ses jardins publics. Une lézarde symbolisait une avenue, une légère saillie, la mairie ou l'école, chaque aspérité du crépi, une maison, la moindre moisissure, un jardin public... Et chaque matin, Élias ajoutait un détail, une nouvelle demeure, une rue supplémentaire.

Cet exercice d'imagination avait doté Élias d'une extraordinaire capacité à remarquer et à reconnaître le plus petit fragment de sol, de mur ou du plafond. Il n'eut donc aucune difficulté à refaire en sens inverse l'itinéraire qui l'avait conduit hors de l'atelier.

Bientôt, il déboucha à l'autre extrémité du conduit d'aération et sauta dans le couloir ; il retraversa l'enchaînement de corridors qui ne quitteraient plus jamais sa mémoire, ouvrit une dernière porte et pénétra dans l'atelier.

Dans un grand fracas, Lisa laissa tomber à terre la clé à molette avec laquelle elle tapait sans répit sur la grande porte, et elle lui fit face.

Un garçon. Les cheveux blonds, rarement taillés, lui descendaient aux épaules. Son visage était pâle d'avoir manqué de soleil. Les yeux, sombres, étaient petits, vifs et précis. Ils n'observaient pas, ils scannaient. Tout son corps évoquait la souplesse, l'agilité, mais ses membres étaient graciles, ceux d'un enfant qui n'avait pas mangé à sa faim, ni assez couru ou sauté.

Il portait un T-shirt blanc, légèrement déchiré à l'épaule droite ; Élias avait résisté à la froidure du dortoir, il n'aurait jamais plus besoin de pull-over. Une cicatrice barrait son avant-bras gauche, souvenir de la presse à plastique numéro trois. Ses jeans étaient usés, comme les chaussures de sport informes qui lui comprimaient les pieds ; à l'atelier, la dernière distribution de vêtements neufs datait de deux ans.

Face à lui, une fille, une adolescente. Plutôt grande, plutôt mince. Les cheveux tirés en arrière en queue de cheval cachaient une bonne moitié du dos. Elle était brune, mais les yeux étaient pâles, gris, bleus et verts à la fois. Les habits qu'elle portait ce jour-là n'étaient pas très différents de ceux d'Élias : pantalon, sweat-shirt et chaussures de sport.

« Qui es-tu ? » fit Lisa.

Un peu nul comme introduction, pensa-t-elle.

Une chose est sûre, elle n'avait pas peur de lui. Il était trop bizarre, comme tombé d'une autre planète.

« La porte est fermée. Elle s'est fermée. Par où es-tu entré ? » continua-t-elle.

Pas de réponse.

« Tu comprends ce que je dis ? Tu sors d'où ? »

Après la surprise et le soulagement, l'irritation gagnait Lisa. Au bout d'un mois de solitude totale –si on oubliait Dimanche et l'éléphant ! – elle rencontrait un autre humain, et il était muet ! Elle en avait des questions à poser, pourtant, une surtout: est-ce qu'il savait ce qui avait bien pu se passer ?

Une autre idée lui traversa l'esprit : peut-être que ce garçon n'était pas seul ; peut-être qu'il vivait avec d'autres survivants, peut-être qu'il avait encore sa famille !

« Tu pourras pas l'ouvrir, la porte. »

Lisa resta sans réaction.

« La porte ! Elle s'ouvre pas de l'intérieur ! Elle est verrouillée, répéta-t-il.

– D'accord, répondit-elle, j'ai compris. »

Elle marqua une pause

« Tu n'es pas resté enfermé un mois ici, j'imagine ? Tu connais une autre sortie ? »

Élias la dévisagea et prit soudain une décision :

« Allez, viens ! On se tire ! »

Il lui fit signe de le suivre et partit à grandes enjambées dans la direction du conduit d'aération. Moins d'une seconde d'hésitation plus tard, Lisa lui emboîta le pas.

« O.-K. ! J'imagine qu'on remet les présentations à plus tard ? »

Il l'aida à se hisser dans le conduit d'aération et, derrière elle, l'encouragea à avancer, lui indiquant au fur et à mesure la direction à prendre par de brefs : « À droite ! », « À gauche ! ». Ils débouchèrent bientôt dans la cuisine, comme Lisa le comprit avec stupeur.

À l'instant même où ses pieds touchaient le sol, le faisceau de sa lampe torche s'atténua puis disparut. Les piles étaient mortes.

6

LES DEUX RESCAPÉS utilisèrent les semaines qui suivirent à améliorer leurs conditions de vie. Lisa était impressionnée par Élias. Certes, le garçon ne connaissait presque rien du monde extérieur à l'usine où il avait vécu plus de la moitié de son existence. Mais la précarité de son existence souterraine avait développé chez lui un sens poussé de l'organisation, et même de la survie.

Après la Disparition, Lisa s'était contentée de faire face, au jour le jour, aux difficultés qu'elle rencontrait, partant en quête de nourriture quand ses provisions s'épuisaient. Elle avait attendu la dernière limite pour sécuriser son alimentation en électricité, et cette imprudence avait failli lui coûter cher.

Élias s'était forgé quelques règles de vie dans le Sout'. Il les expliqua à sa nouvelle associée :

« Numéro un : protège ton coin. Numéro deux : stocke de la nourriture d'avance. Numéro trois : reconnais les alentours. »

Lisa avait multiplié les expéditions dans les rues de

Commentray, mais sans objectif précis. Élias, lui, s'était fait une obligation de connaître le moindre détail du Sout'. Il voulait être prêt à saisir au vol la moindre opportunité de fuite.

Il aurait pu dessiner, les yeux fermés, le dortoir et l'atelier, situer chaque porte, la position de chaque surveillant, l'emplacement de chaque néon au plafond. Quelques semaines après sa libération, il revoyait chaque détail dès qu'il s'assoupissait quelques instants.

L'existence du groupe électrogène était une bonne raison pour rester à l'hôpital. Mais il leur fallait maintenant résoudre le problème du ravitaillement en essence.

Lisa réalisait jour après jour combien la lumière était précieuse à leur survie. Chaque nuit, les animaux s'aventuraient un peu plus dans la cour. Avant la panne du groupe électrogène, Lisa laissait quelques lumières allumées dans le hall d'entrée de l'hôpital dès la tombée de la nuit, comme le feu qui éloignait les bêtes sauvages quelques milliers d'années auparavant. À présent, un terrible ballet se dansait chaque nuit sous leurs fenêtres, opposant tigres, lions et panthères pour la conquête des bâtiments et de la subsistance qu'ils espéraient y trouver.

Élias et Lisa avaient barricadé la porte du hall d'entrée. Le jour, les animaux désertaient les abords de l'hôpital, mais, pour ne pas avoir à reconstruire chaque soir leur barrage, les deux adolescents assiégés avaient dû trouver un autre chemin pour entrer et sortir de la bâtisse.

Ils empruntaient une porte située à l'opposé de l'entrée, qu'ils rejoignaient en traversant le petit jardin intérieur que cernaient tous les bâtiments de l'hôpital. Cette porte, probablement réservée aux médecins et au personnel administratif, présentait l'immense avantage d'être équipée d'un judas ; on pouvait ainsi s'assurer que la voie était dégagée.

La porte de secours leur apporta la solution de l'approvisionnement en essence. Comme Lisa l'avait supposé avant de se lancer dans les couloirs souterrains, le réservoir du groupe électrogène devait être situé à proximité de la rue pour faciliter son remplissage par camion-citerne.

Ils découvrirent un nouvel escalier dans le couloir qui menait à la sortie de service. La lampe-torche, rechargée de piles neuves trouvées dans le tiroir d'un bureau, leur permit, marche après marche et le cœur battant, de descendre jusqu'à une pièce faiblement éclairée par un soupirail qui donnait dans la rue.

Le faisceau de la lampe s'immobilisa sur une grande citerne et sur un engin cubique muni à l'avant d'un panneau de contrôle et dont chacune des arêtes pouvait mesurer un mètre cinquante : ils avaient trouvé le groupe électrogène et son réservoir.

Restait l'essence.

Élias trouva une solution d'une grande simplicité : avec un tuyau d'arrosage glissé dans le soupirail, il siphonna le réservoir de chaque voiture stationnée dans la rue.

« Le coup des vases communicants. La citerne est

située plus bas que la rue », pensa Lisa en se remémorant un cours de physique.

Elle se demandait comment Élias avait découvert ce principe sans jamais mettre les pieds à l'école.

Ils trouvèrent sans difficulté la manette qui réamorçait la production d'électricité. La lumière revint.

Élias voulait prendre possession de son nouveau monde, et il savait comment procéder.

« Il me faut un point haut ! » répétait-il plusieurs fois par jour à Lisa.

Le point haut, c'était la flèche de l'église Saint-Roman. Elle dominait toute la ville, et Élias voulait avoir une vue d'ensemble avant de commencer une inspection minutieuse.

L'église n'était située qu'à quelques minutes de marche de l'hôpital. Ils traversèrent le parvis et poussèrent la petite porte découpée dans l'énorme porche.

L'église était parfaitement silencieuse. Ils s'avancèrent dans la nef ; des rayons de soleil traversaient les vitraux et dessinaient sur le sol des taches colorées. Lisa croyait se souvenir que l'accès au clocher partait d'une petite porte dissimulée dans l'une des chapelles latérales.

Ils s'immobilisèrent soudain ; ils avaient perçu un bruissement presque imperceptible à l'aplomb de leurs têtes. Ils levèrent les yeux. Des oiseaux, innombrables, étaient posés sur le faîte de chaque colonne, sur chaque poutre de la toiture. Ils avaient envahi les lieux en se glissant entre les ardoises du toit, et la tranquillité de l'église désaffectée leur semblait le plus sûr des refuges.

Les yeux fixés sur la voûte, les deux adolescents continuèrent à avancer silencieusement. Chacun des milliers d'oiseaux semblait les dévisager.

Élias, en renversant un prie-Dieu, rompit le fragile équilibre. En un instant, tous les oiseaux s'envolèrent, envahissant l'église d'une nuée de plumes. Affolés, les volatiles se heurtaient aux colonnes et aux murs, fonçaient en piqué vers le sol. Leurs piaillements provoquaient un vacarme assourdissant.

Lisa et Élias étaient pris dans cette tempête ; les oiseaux les frôlaient de si près qu'une aile ou une patte se prenaient quelquefois dans leurs cheveux. Ils étaient aveuglés par le tourbillon de plumes et de poussière que l'envol désespéré des oiseaux avait provoqué.

« À terre ! » lança Élias en se jetant à quatre pattes.

Lisa l'imita aussitôt. Au ras du sol, ils reprirent leur progression vers la chapelle. Quand ils n'en furent plus qu'à quelques mètres, ils virent avec soulagement la porte qui menait au clocher. Sautant sur leurs pieds, ils se précipitèrent vers le salut.

La porte n'était pas verrouillée ; après l'avoir refermée avec précipitation, ils découvrirent les premières marches d'un escalier en colimaçon.

Il leur fallut s'asseoir quelques minutes pour retrouver leur calme. Les yeux dans le vide, ils fixaient la porte, écoutant le son mat des oiseaux qui, aussi terrifiés qu'eux quelques secondes plus tôt, venaient s'y assommer.

L'escalier donnait sur l'intérieur du clocher. Des ouvertures pratiquées sur chaque côté dans la toiture permettaient d'admirer à perte de vue la ville et la campagne environnante.

Élias avait le souffle coupé ; il était presque étourdi par l'ampleur du dégagement qui s'offrait à eux, lui dont l'horizon avait été si longtemps borné par quatre murs de béton.

« Au Sout', on avait un jeu. »

Il murmurait presque.

« Rendre les murs invisibles et imaginer. Certains pensaient qu'il y avait encore d'autres murs derrière les murs. D'autres, rien que du blanc. Moi, je voyais l'extérieur. Des jours, le monde était comme une prairie, verte à perte de vue. Le vent faisait onduler les herbes comme des vagues. J'avais aussi mon monde de cristal, avec un ciel parfaitement bleu, plein de vents doux et tièdes. Et le monde liquide. Et le monde soleil. »

Il marqua un temps d'arrêt.

« Mais ton monde est le plus beau de tous », ajouta-t-il à mi-voix en désignant la ville qui s'étendait sous leurs yeux.

Émue, Lisa tourna la tête vers son compagnon. Il pleurait doucement, sans même s'en rendre compte.

« C'est aussi ton monde, maintenant, Élias », répondit-elle en prenant la main du garçon.

La nuit approchait, il aurait fallu rentrer. Mais, oublieux des règles de prudence qu'ils se répétaient pourtant constamment, immobiles et silencieux, ils demeurèrent longtemps sur le clocher de l'église, comme les sentinelles d'un monde disparu, jusqu'à l'anéantissement du dernier rayon du soleil.

Le retour se déroula sans encombres. Les deux adolescents traversèrent l'église dans un silence total, sans provoquer de réaction des oiseaux.

À l'hôpital, Élias démontra son extraordinaire mémoire en retraçant immédiatement le plan de la ville à partir des observations qu'il avait faites depuis le haut du clocher. Lisa n'avait plus eu qu'à y nommer les principaux bâtiments qu'elle connaissait.

Le plan achevé, il était plus d'une heure du matin. Lisa était allongée sur son lit, trop fatiguée pour dormir. Elle repensait à la conversation avec Élias, à la question qu'elle lui avait posée :

« Je voulais te demander, Élias. Dans le Sout', quand on s'est trouvés, l'autre jour... pourquoi est-ce que tu as ôté la chaise qui bloquait la porte ? »

Dans le clocher, Élias l'avait longtemps regardée. Il semblait peser sa réponse, comme s'il hésitait à lui révéler un secret. Il s'était finalement décidé.

« Ce n'est pas moi qui ai ôté la chaise, Lisa. »

Elle était certaine qu'elle n'avait pas pu glisser toute seule. Et même comme cela, il aurait fallu un sacré courant d'air pour refermer une porte si lourde. Pourtant, elle croyait Élias, et elle sentait que, sans le lui dire, il était arrivé à la même conclusion qu'elle.

Quelqu'un d'autre était dans le souterrain le jour de leur rencontre.

7

LE RÉTABLISSEMENT DE L'ÉLECTRICITÉ dans l'hôpital tenait les fauves à distance, d'autant plus qu'Élias avait déniché les interrupteurs qui commandaient les puissants spots de la cour.

Les deux assiégés vérifiaient néanmoins chaque soir que la barricade de la porte d'entrée était toujours en mesure de repousser n'importe quelle attaque. Ils surveillaient aussi le niveau de la jauge de la citerne d'essence du groupe électrique, pour éviter tout nouveau risque de panne.

Le repérage de la ville depuis l'église Saint-Roman allait leur permettre de lancer la troisième phase de leur plan : sécuriser leur approvisionnement. Élias voulait constituer une réserve de nourriture dans l'hôpital, au cas où, pour une raison ou pour une autre, ils ne pourraient en sortir.

Ils décidèrent de mener une nouvelle reconnaissance au centre commercial.

En chemin, Élias en profita pour faire visiter à Lisa son aquarium personnel. Il prenait soin de nourrir régulièrement les locataires, mais Lisa fut un peu déçue : le bassin tenait plus de la mare boueuse que du torrent de montagne, et elle fut bien en peine d'apercevoir ne fût-ce qu'un seul poisson.

Plus tôt, ils s'étaient procuré une paire de jumelles dans la vitrine d'un opticien. Élias avait été prodigieusement intéressé.

« C'est ça qu'il m'aurait fallu pour visiter le monde ciel ! dit-il en riant. Et ça pour le monde fourmi », ajouta-t-il en retournant les jumelles et en collant ses yeux aux deux extrémités les plus larges.

Quand il habitait encore à la piscine, Élias avait repéré la terrasse qui occupait le toit. L'été, les baigneurs y trouvaient des tables et quelques chaises autour d'un bar. C'était un point de vue idéal sur le centre commercial.

Ils découvrirent que la situation s'y était beaucoup dégradée.

Toute la nourriture périssable avait pourri, et l'odeur avait attiré les animaux échappés du zoo. La porte vitrée était pulvérisée et les morceaux de verre jonchaient le sol sur plusieurs mètres.

Seul un animal de très grande taille avait pu venir à bout d'une telle porte, et Lisa songea à nouveau à l'éléphant auquel elle avait échappé par miracle.

Les deux survivants utilisaient à tour de rôle les jumelles pour scruter le centre commercial.

Tout ce qui était comestible avait certainement disparu depuis longtemps. Mais les animaux restaient sur place, à la fois par habitude et parce qu'ils s'abreuvaient à l'eau des piscines de démonstration installées sur le parking.

Un lion dormait sur le capot avant d'une voiture grise tandis que ses lionnes patrouillaient entre les chariots abandonnés. Plus loin, un gorille déracinait l'un des arbres d'ornement qui agrémentaient le parking. Furieux de trouver le feuillage vide de toute subsistance intéressante, il le catapulta négligemment derrière lui et attaqua le suivant.

Braquant plus haut les jumelles, Lisa découvrit qu'une troupe de chimpanzés avaient élu domicile sur le toit qu'ils parcouraient sans cesse, escaladant les nombreuses antennes satellites, le gigantesque panneau « SUPERGOOD » et le mât où flottait un drapeau publicitaire. Plus bas, un couple de rhinocéros s'abreuvait dans l'une des piscines, à peine dérangé par le tigre qui s'y ébrouait.

On discernait moins facilement l'intérieur du magasin ; mais la masse grise qu'ils entrevoyaient était, pour Lisa, sans équivoque : Simba avait élu domicile dans le supermarché, dont il avait pris le contrôle et refusait l'accès à tous.

Même si quelques boîtes de conserve avaient échappé au pillage, ils s'accordèrent sur l'idée qu'aller les disputer au mastodonte serait une folie : ils devraient trouver une autre source de ravitaillement.

Il y avait cependant une bonne nouvelle : les animaux du zoo s'étant établis au centre commercial, le risque de les croiser ailleurs dans la ville avait considérablement diminué.

L'agglomération était trop petite pour un deuxième supermarché. Une inspection du centre-ville leur apprit que les magasins avaient tous été dévastés par les animaux. Ce n'étaient que vitrines éventrées, portes défoncées, étals renversés. Seules les boutiques protégées par un rideau de fer avaient résisté ; mais elles étaient également inaccessibles à Élias et à Lisa.

Assis sur les marches de la mairie, au cœur de cette ville désertée par les hommes et envahie par les animaux qui leur en disputaient le contrôle, ils réfléchissaient à cette donnée nouvelle : ils allaient avoir des problèmes pour se nourrir...

« Il nous reste de quoi manger pendant peut-être trois jours, fit Lisa. En terminant tout ce qui reste dans les réserves de l'hôpital. Et de quoi boire pendant au moins un mois. »

Ils avaient en effet découvert quelques jours plus tôt un gros stock de bouteilles d'eau minérale dans les cuisines.

« Comment on mangeait, chez toi ? demanda soudain le garçon.

– Qu'est-ce que tu veux dire ? répondit-elle en riant. À table, sur des chaises, avec un couteau et une fourchette ! Qu'est-ce que tu imaginais d'autre ? »

Élias ne se départit pas de son sérieux. Il avait l'air de réfléchir intensément.

« Non ! »

Il s'énervait.

« Vous aviez quoi comme provisions ?

– On faisait les courses chaque semaine, et quand il ne restait plus rien, maman sortait une boîte de conserve », expliqua Lisa.

Elle avait compris où Élias voulait en venir.

« Donc, il y a des réserves dans les appartements ! Tout n'a pas dû pourrir... Il faut fouiller chez les gens ! » conclut-il.

Il y avait certainement de nombreuses maisons et beaucoup d'appartements dont les portes n'étaient pas verrouillées la nuit de la Disparition. Ils allaient les explorer méthodiquement, dans l'espoir d'y découvrir des provisions.

Mais, avant tout, il leur fallait un moyen de transporter ce qu'ils trouveraient.

Ils avaient encore la charrette attelée au VTT. Lisa ne l'avait plus utilisée depuis la rencontre avec Élias, qui ne disposait pas encore d'un moyen de transport.

Ils pouvaient construire un deuxième attelage pour lui, mais il devait d'abord faire quelques essais, lui qui n'était jamais monté sur un vélo.

Après une visite chez un marchand de cycles, du centre-ville, il s'entraîna plusieurs heures dans la cour de l'hôpital. Le chariot qu'ils avaient trouvé dans le garage de l'hôpital puis fixé à l'arrière de la bicyclette lui donnait de la stabilité, mais pas suffisamment pour éviter à Élias de chuter souvent.

Enfin, après un après-midi entier de culbutes et de rétablissements miraculeux, Élias domina le vélo. Le regard triomphant, il vint s'arrêter juste devant Lisa et descendit de son attelage.

« Facile ! » lança-t-il avant de rentrer dans le hall de l'hôpital.

Ils commencèrent par la rue où vivait Lisa. Elle l'avait conduit jusqu'à son ancienne maison.

« Tu me fais voir ? demanda Élias. Ta maison d'avant... »

Elle hésita. Depuis des semaines, elle s'efforçait de penser le moins possible à sa famille, à l'inexplicable disparition de ses parents et de son frère. Elle savait qu'elle allait raviver des souvenirs douloureux. Mais elle prit sa décision quand Élias ajouta:

« Je n'ai jamais visité une maison. Pour de vrai, je veux dire. »

Il hésita.

« Je me souviens. Un surveillant disait toujours : "Bienvenue à la maison !" quand ils nous enfermaient dans le dortoir après le travail à l'atelier. Il disait cela pour se moquer de nous ! Mais, pour moi, c'était vraiment ma maison.

– Suis-moi », dit-elle seulement.

Elle poussa le portillon du jardin. L'herbe avait poussé, envahissant les massifs de fleurs fanées. Une canalisation d'eau avait dû se rompre, et une petite mare s'étendait devant la maison. Ils la contournèrent et gravirent les quelques marches qui menaient au perron.

Le silence semblait incroyablement pesant tandis qu'elle poussait la porte. Élias derrière elle, elle resta un instant sur le seuil, le temps que ses yeux s'habituent à la pénombre.

Elle entra dans la maison abandonnée, marcha jusqu'à la cuisine. La fenêtre était brisée, et le vent faisait s'envoler les persiennes : la cuisine avait été visitée. L'une des portes du placard sous l'évier était ouverte ; elle ne tenait plus que par un gond. Des paquets de farine et de sucre étaient répandus par terre, éventrés. La carte de la Terre, punaisée au mur, pendait en lambeaux.

Lisa distingua un léger bruit derrière elle ; elle fit volte-face.

Sur le réfrigérateur, près de la porte, un petit singe aux yeux immenses la dévisageait. Elle esquissa un mouvement mais le singe se dressa aussitôt, la gueule grande ouverte, crachant, les poils hérissés. Toute retraite était impossible : Lisa ne pouvait sortir de la cuisine sans longer le réfrigérateur.

« Élias ! murmura la jeune fille. Élias ! » répéta-t-elle un peu plus fort comme elle n'obtenait pas de réponse.

Élias, qui menait sa propre exploration, ne l'avait pas suivie dans la cuisine.

Le singe, enhardi, défiait Lisa. Il était maintenant chez lui dans cette maison, et il ne laisserait pas la place à de nouveaux occupants.

Lisa se sentait en danger, même si le primate n'était que de petite taille. Il pouvait lui sauter au visage, la griffer, la mordre. Elle recula jusqu'à la fenêtre, dans le coin opposé de la pièce.

Le singe se ramassa sur lui-même pour mieux prendre son élan et, d'un saut formidable, bondit vers elle. Il atterrit avec fracas dans la poubelle de la cuisine, qu'Élias avait interposée juste à temps devant le visage de la jeune fille.

Le garçon reposa la poubelle et s'empressa de refermer le couvercle qu'il cala avec un carton de bouteilles de lait périmées trouvé sous l'évier.

« Super mignons, tes jolis animaux ! T'as un serpent aussi ? »

Le singe se débattait dans la poubelle. La cuisine était un vrai désastre.

« Viens, Lisa, vaut mieux qu'on se tire ! »

Il l'entraîna par la main hors de la maison. Il ne voulait pas que Lisa voie les ravages qu'il avait découverts dans les autres pièces.

Ils poussèrent les vélos jusqu'à l'entrée de l'immeuble situé après la maison des Raffard.

C'était l'un des édifices où la rupture de l'alimentation en eau avait occasionné de sérieux dégâts : les tuyaux avaient cédé les uns après les autres, les ballons d'eau et les réservoirs des chasses d'eau s'étaient déversés d'abord dans chaque appartement puis dans les escaliers.

Éclairés par la lampe-torche, les deux adolescents montèrent en silence jusqu'au dernier étage. Ils préféraient visiter les appartements en redescendant au fur et à mesure.

Élias s'était muni d'un pied-de-biche qu'il avait trouvé dans la pièce du groupe électrogène, à l'hôpital. Ils avaient décidé de forcer les portes verrouillées après être arrivés à la conclusion que les propriétaires ne risquaient pas de se plaindre. C'était peut-être illégal, mais la situation commandait.

Ils durent utiliser leur outil dès le premier appartement où ils voulurent entrer. Élias força l'ouverture en l'insérant entre le battant et la porte et en pesant de toutes ses forces. La serrure céda.

Ils pénétrèrent dans l'appartement ; leurs pieds s'enfonçaient dans la moquette gorgée d'eau. L'odeur de moisissure était prenante, presque étouffante. Apparemment, l'appartement n'avait pas reçu de visite : la porte était solide et le cinquième étage difficile à atteindre pour la plupart des animaux.

« Pas visité, pour l'instant au moins », pensa Lisa en se remémorant le singe qui l'avait attaquée.

Celui-là pouvait grimper où il voulait.

Élias localisa rapidement la cuisine. À peine le réfrigérateur ouvert, ils le refermèrent : tout ce qu'il contenait était devenu vert.

Ils trouvèrent ce qu'ils cherchaient dans un cagibi attenant à la cuisine : des boîtes de pâté et de sardines, des pâtes, des haricots verts, du maïs et des lentilles en conserves, des bocaux de confiture et de miel, deux tubes de lait concentré. Ils entassèrent dans leurs poches et dans les sacs qu'ils avaient apportés tout ce qui était encore consommable.

Avant de ressortir, Élias ouvrit la porte-fenêtre qui donnait sur la petite terrasse de l'appartement. Ils sortirent et s'accoudèrent un instant au balcon.

Élias fixait la rue, sous leurs pieds.

« Tu vois ça ? »

Il désignait du menton l'eau qui avait envahi la rue et stagnait sous la forme de multiples mares.

« Tu appelles ça des inondations, mais tu te trompes. »

Lisa se tourna vers lui. Il paraissait sérieux.

« Si ce ne sont pas des inondations, qu'est-ce que c'est, alors ? répondit-elle pour l'encourager à continuer.

– Quand vous avez construit la ville, vous l'avez enfermée. Vous croyiez qu'elle était domptée, vous pensiez même vous servir d'elle. Mais vous vous trompiez ! »

Lisa comprenait qu'en parlant de ceux qui avaient édifié cette cité, Élias englobait tout le genre humain, dont il avait été si longtemps exclu.

« Qui avons-nous enfermé, Élias ? demanda-t-elle doucement.

– L'eau ! Vous l'avez divisée dans des réservoirs, séparée par des barrages, contenue dans des lacs artificiels. Vous l'avez contrainte à emprunter des conduites souterraines, vous lui avez arraché ce que vous vouliez boire. Vous l'avez réduite en morceaux et maintenant elle se rassemble. Chaque partie de l'eau veut rejoindre ses sœurs, pour couler et jaillir à nouveau librement. »

Un silence.

« Alors, elle fait exploser les tuyaux, elle s'échappe des réserves, elle sort des puits. Elle reprend sa vie, à la surface de la terre. Elle est guérie. Alors, tu vois, tu te trompes quand tu parles d'inondations. »

Élias n'avait jamais tenu un si long discours.

« D'où sais-tu tout ça, Élias ? »

Lisa le dévisageait intensément.

« D'où connais-tu l'histoire de l'eau ? » reprit-elle.

Élias secoua la tête, comme pour reprendre ses esprits.

« Allez, on continue à chercher. Faire les commissions, comme tu dis ! »

8

SIX MOIS PLUS TARD, Commentray était presque méconnaissable. L'écoulement de l'eau avait attaqué le revêtement des chaussées. Il se détériorait par plaques entières, laissant apparaître un mélange de gravillons et de terre. Les rues étaient devenues une mosaïque de taches grises et marron.

Bientôt, les premiers brins d'herbe réapparurent, là où ils avaient disparu depuis la création de la ville, près de trois cents ans plus tôt. Les herbes folles firent place à des plantes et à des arbustes dont les racines, à leur tour, soulevaient le goudron.

Dans certaines rues, des massifs de ronces avaient atteint la taille d'un homme. Ils enserraient les voitures abandonnées, qu'une vitre ou une portière restées ouvertes avaient laissées à la merci de l'invasion par un lacis de branches épineuses.

Le lierre avait envahi les platanes qui bordaient les artères principales de la ville. Des arbres, il avait atteint les terrasses des immeubles voisins, s'enroulant sans hâte autour des balcons.

Un marigot occupait maintenant le square Pontaniak, au carrefour de la rue de Nanteuil et de l'avenue Nationale. Le bassin avait débordé et l'eau recouvrait tout le jardin public, débordant même sur les rues avoisinantes. Balançoires et toboggans avaient été en partie submergés. On pouvait parfois y apercevoir, en fin de journée, des antilopes s'y abreuver.

Dimanche avait été libéré, car la rue était à présent le domaine des rats, des souris, et même des mulots venus des campagnes voisines. Ils ne s'enfuyaient plus à l'approche de Lisa ou d'Élias, parce que le nombre et la force étaient de leur côté.

Des oiseaux inconnus avaient envahi les toits de la ville, et on sentait en permanence peser leur présence silencieuse. Assaillis par des hommes, ils n'auraient pas fui.

Les animaux du zoo avaient abandonné pour la plupart le centre commercial, désespérant de n'y plus rien trouver à manger. Chaque espèce avait élu domicile dans un quartier de la ville et cherchait à y recréer son environnement naturel.

Après avoir longtemps occupé la place du Palais, au centre de la ville, l'éléphant Simba et deux de ses congénères dérivaient vers la sortie sud de la ville, à mesure qu'ils dépouillaient les arbres de leur feuillage. Et Lisa espérait que les crocodiles avaient réussi à rejoindre la rivière. Seuls les singes restaient perchés sur le toit du centre commercial. L'œuvre de l'homme, ainsi, était reprise par la nature.

Élias passait de plus en plus de temps seul, à explorer les appartements ; il disparaissait des journées entières, rentrant parfois avec quelques provisions, ou plus souvent les mains vides.

Lisa suspectait que le ravitaillement n'était pas le véritable objectif de ces expéditions, plutôt une curiosité sans limite pour un monde inconnu et le désir irrésistible de combler le retard accumulé durant toutes ces années de réclusion.

Comme souvent quand elle était seule, Lisa traînait dans le kiosque à journaux de l'hôpital, feuilletant des revues qu'elle avait déjà parcourues dix fois.

Elle ne remarqua pas immédiatement qu'elle ne cessait de frotter machinalement ses yeux irrités. Par la fenêtre du hall, elle découvrit le nuage de fumée noire qui couvrait le ciel vers l'ouest, masquant le soleil couchant. Elle sortit dans le jardin ; l'odeur acre et familière du feu la saisit.

La curiosité, plus que l'inquiétude, la poussa dans la rue, où elle enfourcha son vélo ; elle se dirigea au jugé vers l'incendie, dont elle apercevait maintenant les flammes au détour de certaines rues. Elle aurait voulu qu'Élias voie ça.

Elle fut arrêtée par une chaleur intense à plus de dix pâtés de maison du brasier. L'incendie avait déjà avalé tous les immeubles qui bordaient la place Saint-Roman.

L'église, seule, résistait encore, mais les flammes furent les plus fortes. La charpente prit feu et, en un instant, le clocher tout entier s'embrasa avant de basculer et de s'écraser sur la place en projetant des millions d'étincelles.

Le feu en avait fini avec l'église Saint-Roman. Il progressait maintenant le long de la rue des Marches, en direction de Lisa. Un chantier sur le trottoir de gauche, un terrain vague sur celui de droite ralentirent sa progression.

Elle avait déjà assisté à un incendie, deux ou trois ans auparavant. Elle se rappelait les gens en larmes qui évacuaient l'immeuble en flammes, les barrières pour empêcher les curieux d'approcher, les pompiers vissant fébrilement leurs lances aux bouches d'incendie. Il n'y aurait pas de pompiers aujourd'hui, ce qui voulait dire que les flammes ne mourraient que quand elles n'auraient plus rien à dévorer.

À cette idée, son ventre se serra. L'incendie pouvait engloutir la ville entière avant d'être rassasié.

S'arrachant au fascinant spectacle, Lisa repartit en direction de l'hôpital. Il fallait retrouver Élias.

Abandonnant son vélo sur le trottoir, elle se précipita dans l'hôpital. Élias n'était toujours pas rentré. Dans sa chambre, elle enfourna quelques affaires dans un sac, attrapa sa lampe-torche et dévala les escaliers vers la cuisine pour prendre quelques boîtes de conserve et deux bouteilles d'eau, et ressortit quelques minutes plus tard dans la rue.

Élias était là, souriant.

« Élias ! Où étais-tu ? lui cria-t-elle. Tout va brûler, et nous avec si on ne se dépêche pas ! »

Élias ne bougea pas, comme s'il ne l'avait pas entendue, comme s'il n'avait pas compris que l'incendie les menaçait, ou comme s'il s'en moquait éperdument.

« Élias ! hurla Lisa. Viens ! »

Elle le poussa vers son VTT appuyé contre le mur.

« Magne ! Magne ! »

Il obéit, machinalement. Lisa enfourcha son propre vélo.

« On fonce à la rivière ! Suis-moi ! »

Ils tournèrent à gauche dans l'avenue Nationale qui les mènerait tout droit hors de la ville. Ils apercevaient de loin en loin des animaux fuyant comme eux la ville en flammes.

Mais, cent mètres plus loin, le feu était encore là. Il les avait pris de vitesse et abattu un grand immeuble, qui barrait la chaussée d'un inextricable fouillis de gravats, de verre brisé et de tôles tordues.

Revenir sur leurs pas signifiait se jeter dans les bras de l'incendie. Tout le quartier situé sur leur droite était la proie des flammes. Il restait peut-être une issue : couper par les petites rues qui partaient à gauche de l'avenue obstruée.

Lisa lançait déjà son VTT, quand Élias l'arrêta d'un cri :

« Attends ! Attends ! »

Les yeux au ciel, il semblait guetter un signe.

« On n'a pas le temps Élias, viens ! fulmina Lisa.

– Vas-y, j'attends ! » répondit-il sans bouger ni cesser de scruter le ciel.

Lisa lança son vélo dans la rue adjacente.

« Reste, espèce de crétin borné ! » hurla-t-elle.

Elle stoppa dans un grand crissement de frein et repartit vers l'avenue. Elle ne pouvait pas le laisser. Elle fonça vers lui, prête à le traîner de force s'il ne réagissait pas.

À cet instant, la pluie commença à tomber.

L'odeur de brûlé était presque insupportable. Un manteau de suie recouvrait la ville ; les maisons avaient été comme frottées avec un bouchon de liège brûlé. Le moindre souffle faisait tomber des arbres une pluie de particules noires.

La cendre, mélangée à la pluie, avait formé une boue sombre qui collait aux chaussures. La rue qui longeait l'hôpital était envahie par cette gadoue ; autour de la porte de service, le trottoir était noyé sur plusieurs mètres. Lisa et Élias avaient tiré hors de l'hôpital une douzaine de lits qui, placés bout à bout, formaient une passerelle jusqu'à la partie intacte de la rue.

Il avait fallu de nombreuses heures à la pluie pour venir à bout de l'incendie. Les flammes avaient d'abord cessé de progresser, se concentrant sur les endroits de la ville qu'elles contrôlaient déjà, comme ramassant leurs forces pour mieux résister. Élias et Lisa avaient pu surveiller le feu en restant à proximité sans avoir à craindre une brusque recrudescence.

Enfin, la chaleur intense avait commencé à diminuer, les flammes avaient perdu de leur hauteur, le fracas de l'effondrement des immeubles s'était fait plus rare, avant ce calme trop profond qui suit toujours les grandes catastrophes.

Les deux adolescents parcouraient la ville ravagée. Après la Disparition, Lisa avait eu pendant plusieurs semaines l'illusion de vivre dans une ville préservée, presque normale. Une ville attendant le retour de ses habitants, tous partis inexplicablement, au même moment, pour des vacances qui se prolongeaient.

Après les premières inondations et l'invasion progressive des rues par les animaux, la jeune fille avait pensé au fond d'elle-même que la cité devrait être remise en état au retour des occupants. Mais, en s'y mettant tous, la tâche serait aisée, et maisons et rues reprendraient vite leur apparence originale. Ce serait même l'occasion de rénover certains immeuble ; et Lisa s'imaginait, avec ses parents et son frère retrouvés, repeignant leur maison, réaménageant le jardin, déménageant les meubles.

Le spectacle qu'ils avaient sous les yeux dissipait ces rêves pour toujours...

Tous les bâtiments de la place Saint-Roman et des rues avoisinantes n'étaient plus que des carcasses encore fumantes.

Le feu avait détruit la moitié des immeubles et des magasins de l'avenue Nationale et des pâtés de maison situés entre l'avenue et les rues parallèles. Il avait progressé presque jusqu'au centre commercial. En face, il ne restait que la structure en métal de l'immeuble qui abritait la piscine, mais plus aucun mur. Le bassin, désormais à l'air libre, était presque entièrement comblé par des gravats.

Les deux adolescents n'avaient pas encore visité la partie sud de Commentray, mais il était probable que les dégâts y étaient aussi importants.

Quand Lisa réalisa que les travaux à mener pour reconstruire la ville étaient gigantesques, elle prit conscience qu'elle ne pouvait plus espérer un simple retour à la normale. Les habitants ne réapparaîtraient pas soudainement. Elle n'entendrait pas, un matin, la voix de ses parents à sa recherche, criant son nom. Elle ne verrait pas la longue colonne de gens rentrant dans cette ville, observant avec étonnement les changements intervenus pendant leur absence :

« Il y a un problème avec l'eau, dirait l'un. Regarde ces flaques. Dès que nous serons à la maison, j'appelle la Compagnie des eaux.

– Quel désordre ! répondrait l'autre. Personne n'a pris soin de tailler les arbustes du jardin public. »

Bientôt, les animaux, pourchassés par les employés municipaux, regagneraient leurs cages. Les rongeurs, expulsés par le redémarrage de la circulation, ne disputeraient plus aux humains le contrôle des rues. Les canalisations seraient réparées, le courant serait rétabli. Si tout le monde s'y mettait, c'était l'affaire de quelques semaines tout au plus.

Mais non.

Lisa comprenait que les évènements de cette nuit-là étaient sans retour.

Au contraire, la Disparition continuait : faute d'habitants, c'était maintenant la ville qui succombait à son tour. Si la jeune fille voulait survivre, elle ne devait pas attendre que cesse cette situation anormale. Elle devait s'installer dans cette nouvelle vie, car c'était la seule qu'elle connaîtrait désormais.

Cette révélation fut, pour Lisa, à la fois un choc terrible et un soulagement. C'était comme si elle acceptait enfin la mort de ses parents, de son frère, de ses amis.

Elle savait au fond qu'il en était ainsi, mais elle n'avait pas osé regarder en face cette vérité insupportable. Cette découverte créait en elle un terrible sentiment de solitude ; elle ne pleurait pas, car c'est comme si, sans même s'en rendre compte, elle avait apprivoisé le chagrin en l'abritant au long de toutes ces semaines. Mais, pour Lisa, l'attente était terminée : elle n'avait pas la moindre idée encore de la direction qu'elle allait prendre, mais elle savait qu'il lui revenait de construire une nouvelle vie pour un nouveau monde.

9

« JOYEUX ANNIVERSAIRE, LISA ! »

Élias lui tendit un paquet soigneusement enveloppé. Elle l'ouvrit : c'était un lecteur de disques compacts, avec une pile de CD. Elle en reconnut certains : ils portaient au dos de la pochette la petite pastille de couleur où elle inscrivait ses initiales, une précaution indispensable pour que François ne s'approprie pas ses disques. Les autres semblaient neufs.

« Tu es allée chez moi ? »

Lisa sentait la colère monter en elle.

« Tu as fouillé ma chambre ? »

Et elle ajouta, juste pour le blesser :

« Tu veux que je le branche ? Tu te rappelles qu'on a décidé d'économiser l'électricité du groupe électrogène ? »

La jeune fille elle-même ne comprenait pas la rage qui montait en elle. Peut-être avait-elle résolu de rayer de sa mémoire ce qui la rattachait à sa vie disparue : sa maison, ses affaires. Mais c'était, bien sûr, une tentative vouée à l'échec.

Élias avait installé un repas sommaire dans la cafétéria de l'hôpital, et l'avait guidée les yeux fermés jusqu'à la table où elle découvrit son gâteau d'anniversaire, en fait des abricots au sirop tirés d'une boîte de conserve.

Restant impassible face à la brusque crise de colère de la jeune fille, il tira de sous la table un carton, qu'il fit glisser à la jeune fille. Elle l'entrouvrit, distinguant entre ses larmes des milliers de piles. Il avait certainement fallu plusieurs semaines à Élias pour constituer un tel stock.

Pleurant de plus belle, elle se précipita dans les bras du garçon.

« Pardon, pardon ! Elle bredouillait. Merci, merci ! »

Se ressaisissant, elle choisit son disque préféré, et la musique s'éleva dans la cafétéria, la première qu'elle entendait depuis la Disparition.

« Vous dansez, monsieur ? »

Elle prit Élias par la main, et ils s'enlacèrent maladroitement.

Le comportement d'Élias changeait de jour en jour. Il multipliait les escapades, y compris la nuit : il arrivait à Lisa de constater son absence au petit matin. Ses cheveux lui faisaient une crinière, et elle découvrit un jour qu'il ne marchait plus que pieds nus.

Il participait avec elle aux obligations que leur situation imposait, accomplissait sa part des tâches de ravitaillement, vérifiait la sécurité de ce qui leur tenait lieu de demeure, inspectait régulièrement le générateur.

Mais Élias avait aussi sa propre vie, et Lisa se demandait à quoi il consacrait les longues heures qu'il passait hors de l'hôpital.

Peu de temps après l'incendie, ils étaient assis ensemble dans le jardin de l'hôpital. Le soir d'été donnait à cet instant une douceur inaccoutumée.

« Élias... Qu'aurions-nous fait si l'incendie avait détruit toute la ville ? commença Lisa. Sans cet endroit ? »

Le garçon réfléchit un instant.

« Il souffla son haleine brûlante et la terre fut nettoyée ! Il cracha les flammes, et toute vie fut engloutie ! récita-t-il. Je me souviens de ce passage. Une des histoires que je préférais. »

Élias semblait plongé dans ses pensées.

« Raconte ! S'il te plaît. »

Dans la pénombre, Lisa distinguait à peine le visage de son compagnon.

« Si tu veux, répondit-il. Dans l'histoire, il y a une tribu d'Indiens dans une grande forêt. Ils vivent heureux, ils pêchent, ils chassent. Un jour, l'un d'entre eux décide de quitter la forêt, car il est curieux : il veut savoir si les arbres couvrent le monde tout entier ou s'il y a quelque chose d'autre ailleurs. Après des journées de marche, il atteint la limite de la forêt : devant lui, il y a la ville des Blancs.

– Comment sait-il que ce sont des Blancs qui habitent la ville ? demanda Lisa.

– Dans les légendes qu'on lui racontait quand il

était enfant, on appelait ainsi tous ceux qui n'étaient pas de la tribu.

– D'accord, continue ! »

La nuit était tombée. Ils étaient maintenant dans le noir complet.

« Le jeune Indien entre dans la ville », poursuivit Élias.

Il parlait à voix basse, comme en murmurant. On avait l'impression, en l'écoutant, qu'il puisait dans ses propres souvenirs, que c'était sa propre aventure qu'il racontait.

« Il aime ce qu'il y voit. Il trouve un marché. Il ne parle pas la même langue que les marchands, mais il se fait comprendre par gestes. Ils lui expliquent le fonctionnement de plusieurs objets et, finalement, il fait son choix. Il échange une boîte de beaux briquets et plusieurs petits bidons d'essence pour les recharger contre quelques pierres précieuses que l'on trouve chez lui. Puis il repart vers sa terre.

– Il a dû se faire rouler par les marchands, remarqua Lisa.

– Sûrement, répondit Élias, mais ça lui est égal, il a autant de pierres précieuses qu'il veut. Bref, l'Indien revient chez lui, il raconte son voyage. Grâce au briquet, la tribu fait facilement du feu, ils vivent au chaud la nuit, ils font cuire la nourriture, ils éloignent les animaux et dorment en paix. Mais ça ne suffit pas au jeune Indien. Il se dit qu'ils vivraient mieux dans un espace plus dégagé, sans tous ces arbres. Il décide de mettre le feu à la forêt et, bien sûr, il n'arrive pas à maîtriser les flammes. L'incendie détruit presque toute la forêt, et tue la moitié de la tribu.

– Il souffla son haleine brûlante et la terre fut nettoyée ! Il cracha les flammes et toute vie fut engloutie ! murmura Lisa.

– Oui, c'est ce passage. Quelques Indiens ont survécu. Ils détruisent les briquets qui restent et recommencent leur vie d'avant. Fin.

– Sans repas chauds, menacés par les animaux, tremblants de froid ? » demanda Lisa.

Élias ne répondit pas directement à la question.

« Notre incendie s'est arrêté en route. Il reste trop de maisons. »

Lisa fut interloquée par ce qu'elle venait d'entendre. Pour Élias, l'incendie était une bonne chose, il avait détruit les constructions humaines.

Le garçon se leva, pour regagner sa chambre ou pour une de ses expéditions nocturnes. Alors qu'il allait franchir la porte qui le ramenait à l'intérieur de l'hôpital, Lisa l'apostropha :

« Élias, cette histoire, c'est toi qui l'as inventée, non ? »

Il s'arrêta un instant sur le seuil. La regarda. Puis quitta le jardin sans répondre.

La rivière qui alimentait Commentray pénétrait la ville au nord, peu après le centre commercial. C'était un lieu de balade pour les promeneurs du dimanche, qui aimaient longer ses berges et s'arrêter pour pique-niquer dans les sous-bois qu'elle traversait.

Il fallait vingt minutes à Lisa pour rejoindre le cours d'eau à vélo. Elle s'y rendait de plus en plus souvent, cherchant dans ce coin de verdure la douceur qui avait déserté la ville dévastée par l'incendie. Elle y allait toujours sans Élias, et c'était là qu'elle réfléchissait à ce qu'elle appelait son plan d'action.

Elle ne voulait pas continuer à vivre parmi les ruines, cherchant sa nourriture comme les pillards vident les voitures abandonnées au bord des routes après un accident.

Plusieurs chemins s'ouvraient à elle : choisir un endroit à peu près intact en périphérie de la ville pour l'aménager comme sa résidence définitive ; s'installer dans une maison, ériger des palissades pour la protéger des animaux, aménager un jardin pour y cultiver de quoi subsister. Elle perdrait le courant électrique que lui fournissait le générateur de l'hôpital, mais elle espérait trouver un groupe électrogène portatif dans l'un des magasins d'outillage de la ville. La réinstallation serait un travail énorme, mais Lisa ne voulait plus de sa vie provisoire.

D'un autre côté, sa ville n'était pas une île déserte perdue au milieu de l'océan. Depuis la Disparition, elle était restée cantonnée dans les limites de l'agglomération, ne s'aventurant jamais plus loin que la rivière.

Montoux, la commune la plus proche, était à une trentaine de kilomètre. Lisa n'avait jamais roulé si loin à vélo ; elle calcula qu'il lui faudrait au mieux cinq heures pour parvenir au but, et elle doutait qu'elle ait assez de forces pour revenir le même jour. De toute façon, elle n'imaginait pas voyager de nuit, et le temps nécessaire à l'aller-retour et à l'exploration de la commune voisine ne lui permettrait pas de regagner l'hôpital avant le soir.

Lisa hésitait donc : devait-elle immédiatement commencer à construire sa nouvelle maison ou d'abord explorer la région pour trouver un lieu plus accueillant que sa ville délabrée ?

Sans se l'avouer, Lisa avait un autre espoir : découvrir ailleurs d'autres rescapés. Elle ne croyait plus depuis longtemps que seule sa ville avait été frappée. Si cela avait été le cas, radios et télévisions auraient continué à émettre, et elle aurait pu contacter les villes voisines par téléphone, quand il fonctionnait encore, juste après la Disparition. Certainement, des secours auraient été acheminés dès que les autorités se seraient rendu compte que la ville ne répondait plus, ou, plus tard, quand l'incendie s'était déclaré. Non, le reste du pays, le monde entier peut-être, avaient certainement été frappés aussi.

Mais si Élias et elle avaient échappé à la Disparition, il était possible que d'autres gens soient installés ailleurs, luttant comme eux pour subsister. Se joindre à eux multiplierait les chances de survivre de chacun.

Elle était tentée de choisir la deuxième voie, parce que la première possibilité aurait signifié renoncer à tout espoir de retrouver d'autres humains. Mais elle voulait avant tout en parler à Élias, car elle n'envisageait pas de prendre cette décision seule : malgré les absences de plus en plus fréquentes du garçon, qui creusaient entre eux un fossé chaque jour plus grand, elle formait avec lui un couple, une équipe, une association, elle ne savait quoi, qui était maintenant tout son univers.

Elle était plongée dans ses pensées, assise dans l'herbe à quelques mètres du cours d'eau.

Son regard fut soudain attiré par un reflet à la surface de la rivière. Une bouteille dérivait lentement au gré du courant. Si elle ne coulait pas, c'est qu'elle était vide et bouchée, toutes les histoires de naufragés lui avaient enseigné cette loi. Elle s'aida d'un bâton pour rabattre la bouteille vers la berge. Le bouchon était trop profondément enfoncé pour qu'elle puisse espérer l'arracher ; elle dut casser la bouteille contre un rocher pour pouvoir récupérer la feuille de papier qu'elle avait aperçue à l'intérieur.

Sur la feuille était inscrite une date, qui remontait à deux semaines. En dessous, commençait une phrase: « Réfugié avec troi… ». L'eau s'était infiltrée dans la bouteille ; elle avait délayé l'encre et effacé le reste du message.

Levant les bras au ciel en signe de victoire, Lisa poussa un cri de joie : ils n'étaient pas seuls. Elle sautait, trépignait, ne pouvait s'empêcher de rire, relisait sans cesse le message. Elle sauta sur son vélo et pédala aussi vite qu'elle put jusqu'à l'hôpital.

Elle ne pouvait attendre de révéler à Élias que, quelque part, d'autres hommes avaient survécu à la Disparition.

10

Les cartes déployées sur la grande table de la cafétéria, Lisa remontait du doigt le cours de la rivière. Elle ne traversait aucune des villes avoisinantes, n'arrosant que quelques petits hameaux, que la jeune fille avait soulignés sur la carte.

La disparition de la fin du message n'était pas dramatique : la bouteille avait certainement été mise à l'eau quelque part en amont par d'autres survivants installés près de ses berges.

Une première difficulté surgissait à une quinzaine de kilomètres de la ville : la carte montrait un petit cours d'eau qui se jetait dans la rivière, ce qui signifiait que la bouteille pouvait provenir de deux directions différentes ; il leur faudrait donc explorer les deux. La rivière prenait sa source quelques kilomètres plus loin, sans autre affluent.

La rivière était longée de loin en loin par une route, qui devenait parfois un simple chemin. On pouvait parier que les mystérieux expéditeurs du message étaient établis près d'une route : pourquoi se seraient-ils enfoncés en pleine nature, loin de la protection que pouvait leur procurer une maison ? Ainsi, en choisissant toujours le chemin qui restait au plus près de la rivière, on ne pouvait manquer de les trouver.

Même avec une carte, l'expédition s'annonçait délicate. Il leur faudrait traverser la campagne, trouver les bons chemins, explorer chaque maison qu'ils rencontreraient.

Élias fit son entrée dans la cafétéria. Il n'avait manifesté que de l'indifférence quand elle lui avait montré le message en revenant la veille de la rivière.

Lisa désigna la carte.

« Regarde, j'ai repéré la rivière. On doit pouvoir la longer à vélo presque tout le temps. »

Elle marqua un temps d'arrêt.

« Je suis sûre qu'ils sont tout près. »

Élias la regardait sans répondre. Lisa insista, sans prêter attention au silence du jeune homme.

« Quand veux-tu que nous partions ? Demain ? Après-demain ?

– Comme tu veux, Lisa, répondit-il doucement. Comme tu veux », ajouta-t-il en reculant vers la porte sans la quitter des yeux.

Il fit brusquement volte-face et se précipita quatre à quatre dans l'escalier qui menait à l'étage.

Ils ne purent quitter la ville le lendemain.

Lisa fut saisie par le froid quand elle se réveilla. Elle descendit à la cuisine, dont les lumières refusèrent obstinément de s'allumer. Remontant précipitamment l'escalier de secours, elle courut tambouriner à la porte d'Élias.

« Élias, réveille-toi ! Il n'y a plus de courant ! » cria-t-elle.

Quelques secondes plus tard, la porte de la chambre s'ouvrit. Élias apparut, habillé de son éternel jean et d'un sweat-shirt.

« Il n'y a plus de courant ! » répéta Lisa.

Suivie par Élias, elle se précipita vers la salle du générateur. Ils avaient pourtant vérifié la jauge deux jours auparavant : elle indiquait que le réservoir était encore à moitié plein. Mais quand Lisa atteignit le panneau de contrôle, l'aiguille indiquait que la citerne était vide.

Elle sentit du liquide sous ses pieds, en même temps qu'elle prenait conscience de l'odeur d'essence qui régnait dans la pièce.

« Recule, Lisa », lui dit la voix d'Élias derrière elle.

Elle regarda le sol de la pièce : une mare d'essence s'était formée sous le groupe électrogène et recouvrait maintenant le sol tout entier. La moindre étincelle mettrait le feu à la pièce et, sans doute, à l'hôpital tout entier.

Élias entra dans la salle, alla directement au générateur, se pencha :

« Il y a une fuite, un tuyau percé. »

Lisa fit un pas en direction du générateur.

« Je t'ai dit de reculer », gronda Élias d'un ton impérieux.

Elle recula. Il ne lui avait jamais parlé sur ce ton, un ton de commandement, qui n'admettait aucune réplique. Lisa se demandait ce qu'il aurait fait si elle n'avait pas obéi.

« On sort », fit Élias.

Il lui jeta un coup d'œil rapide et se dirigea vers la porte.

« Même si on bouche la fuite et qu'on remplit la citerne, on ne pourra pas remettre en route le générateur. On risque de mettre le feu à l'essence. »

Elle le suivit à contrecœur.

Élias fit un pas en arrière pour la laisser sortir. Il tira la porte, la verrouilla et glissa la clé dans la poche de son jean.

« On peut oublier cette pièce », dit-il en s'éloignant.

Lisa resta quelques instants immobile dans le couloir obscur, interdite.

Plus encore que l'attitude d'Élias, c'était son manque d'intérêt pour la panne du générateur qui étonnait l'adolescente. L'électricité avait été un atout essentiel dans la lutte pour la survie qu'ils menaient depuis plusieurs mois. Comment Élias pouvait-il accueillir la perte du générateur avec autant d'indifférence ?

Une chose était certaine : Lisa trouverait une autre source d'énergie, même s'il lui fallait pour cela retarder son expédition à la recherche des autres survivants.

Elle parcourait les rues des quartiers sud pour la première fois depuis l'incendie. Cette partie de la ville avait été relativement épargnée par les flammes, en raison du vent qui soufflait vers le nord ce jour-là. Seules quelques façades noircies par la fumée trahissaient le passage du feu.

Le sud de Commentray accueillait les plus belles maisons, le long d'allées calmes et ombragées. Les notables, médecins, notaires ou avocats, habitaient presque tous ce secteur. Rues et bâtiments semblaient avoir mieux résisté au passage du temps.

Non seulement le feu avait épargné le quartier, mais Lisa ne vit pas de traces des inondations qui avaient envahi le centre-ville et le nord. L'absence de grands immeubles, un système de canalisations mieux entretenu expliquaient sans doute ce sort plus enviable.

Le parc Courantyne avait été nommé ainsi d'après un fleuve d'Amérique du Sud. Les rues qui le bordaient étaient les plus cotées de la ville. Les nounous y promenaient les enfants après la sortie de l'école, située à une centaine de mètres. Les hommes d'affaires stressés n'avaient qu'à traverser la rue pour aller courir dans ses allées. Les prix étaient trop élevés pour que des magasins aient pu s'installer ici, à l'exception de quelques petits commerces dont les propriétaires vivaient sur place depuis des dizaines d'années.

Anna, une camarade de collège de Lisa, habitait l'une des somptueuses maisons voisines du parc. Elle avait invité la jeune fille, l'année précédente.

Devant le portillon qui fermait l'entrée du petit jardin, Lisa hésitait maintenant à entrer. Il était facile d'inspecter l'appartement de parfaits inconnus, comme Élias et elle l'avaient fait à de nombreuses reprises. Mais elle connaissait Anna, sa vie, sa famille, quelques-unes de ses habitudes ; elle craignait de retrouver les traces de ce passé disparu dans la maison abandonnée. Mais elle avait aussi terriblement besoin de retrouver un peu de familiarité dans un monde où elle se sentait complètement seule.

Il fallait entrer. Après la perte du générateur, Lisa avait décidé de mettre son plan à exécution : plutôt que rester à l'hôpital, qu'elle n'avait jamais considéré autrement que comme un abri provisoire, elle se mettrait en quête d'une autre demeure. Et s'il s'agissait d'emménager dans une nouvelle habitation, autant choisir ce qu'il y avait de mieux en ville !

Elle se procurerait ensuite un générateur portable, une réserve d'essence et transporterait ses provisions. Une fois installée, elle pourrait songer à nouveau aux expéditeurs du message scellé dans la bouteille.

Élias ne faisait pas vraiment partie de ces projets. Ils s'étaient à peine adressé la parole depuis l'étrange scène dans la pièce du groupe électrogène.

Lisa sentait, sans pouvoir se l'expliquer, que leurs chemins se séparaient. Elle en souffrait car, par la force des choses, les deux adolescents étaient devenus très proches ; il paraissait également absurde à la jeune fille que, livrés à eux-mêmes, les deux derniers habitants du monde, ou au moins de cette région du monde, n'unissent pas leurs efforts.

Mais elle savait aussi combien il était probable que sa relation avec Élias ne soit que passagère. Tout en effet séparait la jeune fille qui avait vécu une vie confortable au sein de sa famille de l'orphelin qui n'avait connu que le travail forcé dans un atelier clandestin.

Lisa tirait une force nouvelle de la séparation avec Élias qui s'annonçait. Elle devait à nouveau ne compter que sur elle, comme dans les premiers jours qui avaient suivi la Disparition ; son destin était entre ses mains.

Elle poussa le portillon du jardin, parcourut les quelques mètres qui la séparaient du seuil de la maison. La porte d'entrée n'était pas verrouillée. La jeune fille se souvenait parfaitement du rez-de-chaussée de la maison, mais elle n'avait jamais eu l'occasion de monter à l'étage.

À gauche s'ouvrait une bibliothèque occupée par un magnifique piano à queue noir. L'instrument était recouvert d'une telle couche de poussière qu'un véritable nuage s'éleva dans la pièce quand Lisa le frôla pour s'approcher des rayonnages couverts de livre.

Elle en tira un au hasard ; les pages avaient été réduites en lambeaux, sans doute par des souris qui avaient investi la maison après la Disparition.

« Curieux, se dit Lisa. Il y a quelques mois, l'idée qu'une souris soit à moins de cinquante mètres de moi m'aurait terrorisée. Et aujourd'hui... »

Le salon et la salle à manger occupaient le reste du rez-de-chaussée. Lisa vérifia que les fenêtres étaient intactes et que toutes les portes pouvaient être verrouillées. L'escalier qui montait au premier étage était sombre ; l'adolescente s'y engagea avec prudence, marche après marche, attentive au moindre bruit, s'attendant à sentir un bataillon de souris ou, pire, de rats l'effleurer à tout instant. Elle espérait qu'aucun animal de plus grande taille n'avait trouvé refuge dans les étages supérieurs.

Le palier du premier, prolongé par un petit couloir, desservait trois pièces et une salle de bains. La première porte à gauche donnait sur la chambre des parents, à en juger par le lit double qui y trônait.

Sans s'attarder, Lisa ouvrit la porte suivante : la décoration indiquait sans aucun doute qu'il s'agissait de la chambre d'Étienne, le frère dont Anna lui avait parlé quelquefois. Les murs étaient couverts de posters de basketteurs et de groupes de hard rock ; un mini punching-ball pendait du plafond ; le sol était jonché de vêtements en désordre.

La chambre d'Anna était située en face de celle de son frère. Elle était plongée dans l'obscurité : les volets étaient fermés mais les rideaux, agités par un vent léger, flottaient devant la fenêtre ouverte, comme des oiseaux fantômes trop légers pour contrôler leur vol. Quelques peluches gisaient au pied du lit recouvert d'une couette rose et bleue. Une armoire entrouverte laissait deviner des vêtements que Lisa se souvenait avoir vus sur Anna.

Elle s'approcha du bureau qui occupait tout un mur de la chambre. Une bougie était posée à un angle ; la jeune fille l'alluma avec le briquet qu'elle trouva dans une petite boîte à bijoux. La faible lueur lui permit de découvrir un cahier encore ouvert sur le bureau. En haut de la page de gauche, Lisa déchiffra une phrase :

« Cher cahier, je suis si contente. Maman m'a autorisée à sortir demain au cinéma avec Franck. C'est la première fois. Je ne peux attendre d'être à demain. »

Le journal intime d'Anna s'arrêtait là : la page que Lisa venait de lire était datée de la veille de la Disparition. La jeune fille sentit l'émotion qui l'envahissait ; tant de vies avaient cessé brutalement, sans raison. Elle résista à l'abandon qui la saisissait et sortit de cette chambre encore si pleine du souvenir d'Anna. Il lui était impossible de s'y installer. Mais, avant de renoncer à rester dans cette maison, elle décida de terminer l'exploration.

L'escalier continuait vers le dernier étage, en fait un ancien grenier réaménagé. Les parents d'Anna y avaient installé une chambre supplémentaire, certainement destinée à accueillir des amis de passage. La pièce était petite mais accueillante, simplement meublée d'un lit, d'un secrétaire et d'une petite armoire. Une fenêtre dans le toit donnait directement vers le ciel.

Lisa décida que cette chambre serait sa nouvelle demeure. Dans la chambre d'amis de la maison d'Anna, elle aurait l'impression d'être une invitée qui attend le retour des propriétaires, et non une intruse s'installant sans vergogne dans la vie d'une autre.

Elle s'allongea sur le lit et s'endormit aussitôt.

Le rideau de fer de la grande surface de bricolage était tiré ; l'accès depuis la rue était impossible. En contournant le bâtiment, Lisa découvrit une petite porte certainement réservée aux employés. Un panneau sur le mur indiquait : « Attention alarme ! », un avertissement bien inutile depuis que l'électricité avait été coupée.

Un tas de parpaings était stocké dans un coin du parking de la grande surface. La jeune fille en chargea un chariot récupéré devant le magasin et, s'en servant comme d'un bélier, le précipita contre la porte de service, qui céda à la cinquième tentative.

Il ne fallut que quelques minutes à Lisa pour trouver le générateur portable. Elle le chargea dans le chariot, avec quelques bidons qu'elle remplirait d'essence à la station-service. Elle se dépêchait car la nuit tombait déjà.

L'obscurité était presque totale quand elle rejoignit sa nouvelle maison. Il était trop tard pour comprendre comment raccorder le groupe électrogène à l'installation électrique.

Elle rentra, résignée à passer une nouvelle soirée sans lumière. Elle s'étendit sur son lit, vidant distraitement un tube de lait concentré.

« Lisa ! »

C'était la voix d'Élias, dehors.

Comment savait-il déjà où elle s'était installée ?

Elle descendit, ouvrit la porte d'entrée et s'arrêta sur le seuil. Il était là, dans l'obscurité de la rue. Lisa ne l'aurait pas repéré s'il n'avait fait un pas en avant.

« Viens voir la maison que je nous ai trouvée, Élias ! »

Elle lui fit signe de s'approcher. À cet instant, Lisa, malgré la distance qui s'installait entre eux, espérait encore qu'ils pourraient poursuivre la vie à deux qu'ils s'étaient inventée depuis la Disparition.

« La maison que tu t'es trouvée, Lisa ! répondit le garçon d'une voix froide, sans intonation. Tu crois que tout va continuer comme avant ? Une jolie maison douillette, ton petit jardin, et ça repart ?

– Qu'est-ce que tu veux dire ? Ça ne te plaît pas, ici ? »

Tout en parlant, Lisa fouillait des yeux les ténèbres du parc, derrière Élias ; elle aurait juré avoir aperçu un mouvement.

« On peut chercher ailleurs, si tu veux, continua l'adolescente. Figure-toi que je connaissais...

– Tu ne comprends pas, Lisa ! On est débarrassés de cette saleté d'humains, et toi tu voudrais recommencer comme avant, reconstruire les maisons, rétablir l'électricité, retrouver les autres survivants... Tu dois te soumettre à l'eau, au feu, à la terre, Lisa ! »

Il y avait quelque chose derrière Élias. Elle en était sûre, maintenant.

« Mais il faut qu'on s'organise, Élias, on ne pourra pas résister, sinon !

– Personne ne doit résister ! »

Il criait, maintenant.

« C'est la nature qui commande. Les hommes nous ont emprisonnés et la nature nous a libérés. Nous avons choisi notre camp ! »

Il fit un pas en avant ; Lisa se demanda s'il voulait se faire menaçant.

« Qui ça, nous ? Qui a choisi le camp de la nature ? »

De l'obscurité sortirent deux formes qui vinrent encadrer Élias. Deux adolescents, une fille et un garçon, vêtus presque à l'identique : pantalons sombres, tee-shirts clairs, un bandeau leur ceignant le front pour maintenir de longs cheveux. Aucun ne portait de chaussures.

C'est à cet instant seulement que Lisa remarqua combien l'apparence d'Élias avait évolué au cours des dernières semaines. Le visage amaigri, les cheveux en bataille, les yeux impassibles qui ne clignaient jamais... Il semblait entamer un lent retour à la vie sauvage.

La jeune fille fit un pas en arrière ; elle voulait pouvoir rentrer à l'abri de la maison si cela devenait nécessaire.

« D'où sortent-ils, ceux-là ? »

Lisa aurait bien voulu trouver une formule plus aimable, mais la peur commençait à la gagner. Elle était sidérée de découvrir de nouveaux survivants et paniquée qu'Élias ne lui en ait pas parlé auparavant.

Elle comprit que, toutes ces dernières semaines, le garçon n'était pas seul pendant ses expéditions de plus en plus longues hors de l'hôpital.

« Figure-toi que l'orphelinat avait plusieurs ateliers. Ils ont pu s'échapper comme moi le jour de la Disparition, ajouta-t-il en désignant ses compagnons d'un mouvement de la tête. Il doit y en avoir d'autres, quelque part. On les cherche et on va les trouver.

– Venez vous installer ici, il y a de la place ! Ou, si tu veux, Élias, on retourne à l'hôpital. J'ai trouvé un générateur, on peut rétablir l'électricité. »

Lisa se reprochait à cet instant d'avoir tenu Élias à l'écart de ses projets. Elle aurait dû lui parler de son intention de s'installer dans une nouvelle maison, de mettre fin à cette vie provisoire à l'hôpital, lui demander son avis.

« Pas besoin d'électricité ! Pas besoin de nouvelle maison ! », reprit le garçon comme s'il lisait dans ses pensées.

Il fit un pas en avant, comme escorté par les ombres de ses deux compagnons.

« Il faut terminer le nettoyage. Le feu doit finir son boulot. On va raser cette ville, Lisa. Il faut obéir à la nature ; elle a puni l'homme la nuit de la Disparition. »

Lisa eut soudain la certitude absolue que c'était Élias qui avait provoqué l'incendie qui avait ravagé la moitié de la ville. Le garçon à côté d'Élias parla pour la première fois :

« Perdons pas de temps, Élias.

– On se fout d'elle, elle connaît pas les Sout'. Elle comprend rien », ajouta la fille.

Élias réfléchit un instant.

« Va-t-en, Lisa ! On va tout brûler. »

Les compagnons d'Élias s'avancèrent dans le jardin. Ils s'emparèrent des bidons d'essence dans le chariot.

« Dépêche-toi, Lisa, reprit l'adolescent. Tu n'as plus rien à faire ici. C'est notre territoire, maintenant ! »

Lisa marcha lentement jusqu'à la rue, prit son vélo. Sans se retourner, elle s'enfonça dans la nuit en pédalant aussi fort qu'elle le pouvait.

Elle avait l'impression de sentir déjà la chaleur des flammes sur son dos.

11

Cette nuit d'été était douce. Le ciel était dégagé, et la lueur de la lune inondait arbres et chemins. L'eau était proche et les grenouilles donnaient leur récital habituel. Allongée dans l'herbe, enroulée dans une couverture, Lisa cherchait le sommeil près de la rivière.

Elle s'était ruée vers l'hôpital aussitôt après avoir été chassée par Élias et ses compagnons.

Elle avait rassemblé quelques affaires, récupéré la lampe-torche et les cartes de la région, et avait roulé jusqu'à la rivière. Elle ne savait pas si Élias pouvait changer d'avis, s'il allait regretter de l'avoir laissée partir ; en tout cas, elle ne lui avait jamais montré ce coin. Mais il était vrai qu'il ne semblait avoir eu aucun mal à la retrouver la veille au soir.

À présent, elle essayait de dormir, car demain elle aurait besoin de toute son énergie. Elle avait décidé de mettre en œuvre le projet qu'elle avait écarté en attendant de trouver un nouvel abri, après la panne du groupe électrogène.

Elle allait suivre la rivière, trouver ceux qui avaient expédié le message enfermé dans la bouteille.

Lisa s'était reposée quelques heures quand le jour se leva. Son sommeil avait été agité ; après tout, elle n'avait jamais beaucoup aimé le camping, qu'elle avait pratiqué parfois avec sa famille. Elle avait eu froid, sa couverture était mouillée de rosée, et elle avait faim. Surtout, elle avait rêvé d'Élias, à l'hôpital, un bidon d'essence à la main, mettant le feu au local du générateur. Et quand elle s'était réveillée, elle avait aussitôt compris le sens de ce rêve : c'était Élias qui avait saboté le groupe électrogène de l'hôpital.

Un tube de lait concentré lui redonna les forces dont elle aurait besoin pour venir à bout de la longue journée qui s'annonçait. Elle vérifia une dernière fois la carte, ramassa son paquetage et s'enfonça à vélo dans la campagne.

Le chemin de terre longeait la rivière, qu'elle ne perdit pratiquement jamais de vue. Elle roula toute la matinée sans croiser d'autres traces de vie que le chant des oiseaux qui s'interrompait sur son passage et reprenait dès qu'elle s'éloignait. L'eau calme du cours d'eau était parfois troublée par les remous causés par un animal quelconque. Lisa n'était pas certaine de vouloir savoir s'il s'agissait d'un raton laveur ou d'un simple ragondin, ou si les crocodiles du zoo avaient fini par rejoindre la rivière.

Elle atteignit vers midi l'embranchement où le cours d'eau qu'elle avait repéré sur la carte rejoignait la rivire. Elle s'accorda une pause pour se restaurer de biscottes rances et de pâté en conserve. Il lui fallait décider lequel, de la rivière ou du cours d'eau, elle allait suivre.

Pendant qu'elle mangeait, ses pensées revenaient sans cesse vers Élias. Elle ne s'était pas rendu compte à quel point le garçon avait été marqué par ses longues années d'emprisonnement. Comment avait-elle pu imaginer qu'en quelques semaines il partagerait avec elle les mêmes envies ?

Elle n'avait pas senti que la haine qu'il ressentait pour ses geôliers s'était étendue à toute l'espèce humaine.

Seuls ses compagnons de prison pouvaient comprendre ce que toutes ces années de détention avaient signifié pour lui. Et Lisa se sentait terriblement meurtrie d'être rejetée dans le reste de l'humanité, celle qu'Élias haïssait et dont, en incendiant la ville, il voulait détruire jusqu'aux traces.

La jeune fille se décida : ce serait le cours d'eau. Elle espérait en atteindre la source rapidement. Si elle ne trouvait pas en chemin ceux qu'elle cherchait, il ne lui faudrait pas longtemps pour revenir sur ses pas et repartir dans l'autre direction.

Elle remonta sur son VTT ; avant de s'élancer, elle se posa, pour la centième fois au moins depuis le matin, la même question : Élias voulait mettre le feu à la ville ; pourquoi, alors, n'avait-elle pas aperçu la lueur de l'incendie la nuit précédente ?

« T'as eu tort, Élias ! Ceux qui sont pas avec nous sont contre nous. »

Élias était assis sur les marches du perron de la maison que Lisa avait quittée quelques minutes plus tôt. Il regarda Guillaume sans répondre. Il voyait un garçon blond, grand et maigre, d'une pâleur de craie. Guillaume était debout devant lui, les bidons d'essence toujours à la main.

Élias entoura d'un bras les épaules de la fille assise à côté de lui.

« Qu'est-ce que tu en penses, Betty ? »

La jeune fille savait qu'elle avait remplacé Lisa auprès d'Élias, même si son compagnon ne le reconnaîtrait jamais.

Elle pesa ses mots soigneusement, car elle n'était pas certaine des sentiments qu'Élias éprouvait encore pour son ancienne amie.

« Toute seule, elle ne peut rien faire. Pas de problème à la laisser courir. Et puis, c'est pas de sa faute si elle est pas du Sout'. Elle peut pas savoir. »

Élias repensa à Lisa, aux phrases qu'elle avait prononcées avant qu'ils l'obligent à s'enfuir. Ils auraient pu continuer ensemble, s'installer dans cette maison, oublier ce monde extérieur et les hommes qui l'avaient enfermé. Mais il se souvenait de ce jour, devant l'église Saint-Roman, quand il avait enflammé le bûcher fait de tables et de chaises trouvées à la terrasse d'un bar de la place. Tout était clair dans son esprit : il fallait détruire cette ville, finir le travail commencé par la Disparition.

Quelques jours après l'incendie, alors qu'il marchait dans l'avenue Nationale, mesurant du regard les blessures qu'il avait infligées à la ville, il avait remarqué une ombre devant une fenêtre, au premier étage d'un immeuble resté intact. Il était resté planqué dans la rue jusqu'à ce que deux adolescents sortent de l'édifice. Il les avait suivis sans se faire voir, vers un grand bâtiment blanc et majestueux.

Au-dessus du porche qui menait dans la cour était gravé le mot « Orphelinat ». Élias avait parcouru les couloirs sans fin de l'institution, redécouvrant sans le savoir les lieux où il avait passé les premières années de sa vie, avant le Sout'.

Élias les avait retrouvés dans un dortoir. Le garçon avait sorti un couteau, pendant que la fille empoignait une chaise, sans qu'il sache si c'était pour l'attaquer ou pour se défendre. Pris d'une soudaine inspiration, il avait crié:

« Arrêtez, je suis du Sout' ! »

Les deux autres s'étaient figés sur place. Et puis les explications avaient été rapides.

Guillaume travaillait dans un autre atelier, et Betty participait à la préparation des repas fournis aux prisonniers du souterrain. Mais la jeune fille ne livrait pas les repas, ce qui expliquait qu'Élias ne l'ait jamais vue. Comme Élias, Guillaume s'était réveillé seul dans son dortoir le matin de la Disparition. Il avait suivi un couloir qui l'avait mené à l'orphelinat, où il avait trouvé une seule survivante, Betty. Ils ne s'étaient plus quittés depuis.

Pendant quelques semaines, Élias avait mené une double vie, tantôt auprès de Lisa, le reste du temps avec les deux autres rescapés de l'orphelinat. Longtemps, il avait hésité à révéler à l'adolescente l'existence de ses nouveaux compagnons. Mais il avait senti progressivement que la solidarité qui le liait à eux était plus forte que son amitié, ou peut-être son amour, pour Lisa.

Avec Guillaume et Betty, ils avaient réfléchi à la Disparition et ils en avaient conclu qu'elle avait été un bien, débarrassant la Terre des hommes qui les avait asservis. Ils n'avaient pas connu la ville d'avant, et la reconstruire aurait été pour eux comme édifier à nouveau les murs de leur prison. Au contraire, seule la nature leur semblait innocente des malheurs qu'ils avaient endurés ; ils entendaient se soumettre à elle et, si nécessaire, l'aider à éviter tout retour de la civilisation qui venait de s'effondrer.

Élias percevait tout ce qu'il partageait avec ses compagnons et tout ce qui le séparait maintenant de Lisa. Lisa, qui n'avait pas voulu accepter que les jours anciens étaient morts et qui ne pensait qu'à effacer les conséquences de la Disparition, sans comprendre que sans cette catastrophe, Élias serait encore prisonnier du souterrain.

Il se leva, prit Betty par la main, désigna du doigt les bidons d'essence et dit d'une voix claire :

« Allez, au boulot ! On n'a pas toute la nuit ! »

Mais il sentit un choc violent à la nuque et sombra dans l'inconscience.

La grange était bâtie entre la rivière et l'orée d'un petit bois. Le chemin que suivait Lisa y menait tout droit, longeant la construction par la gauche avant de s'enfoncer dans la forêt. L'adolescente avait mis pied à terre. Quelques précautions s'imposaient si elle ne voulait pas se jeter dans la gueule du loup.

Dissimulant son vélo dans les fourrés, elle résolut de s'approcher de la grange par le bois. Courbée en deux, rampant parfois, elle parvint à une dizaine de mètres ; elle ne pouvait avancer plus près sans sortir à découvert. Elle remarqua une cabane à outils accolée à l'arrière du bâtiment.

À en juger par le silence, les lieux semblaient déserts. Lisa resta en observation près d'une heure, hésitant sur la conduite à tenir. Elle voulait être certaine que la grange était vide avant de se risquer à sortir de sa cachette.

Un bruit de voix venant du sentier à l'opposé du chemin que Lisa avait emprunté vint résoudre le dilemme de la jeune fille.

Trois garçons sortirent de la forêt, vêtus de pantalons sombres et de simples tee-shirts. Ce furent les maquillages qu'ils arboraient sur le visage qui dissuadèrent Lisa de sortir de l'abri des feuillages : à l'image de certains guerriers, de larges traits noirs leur barraient le front et les pommettes.

Les nouveaux venus semblaient en proie à une violente colère, non pas dirigée contre l'un d'entre eux mais plutôt contre un occupant de la grange. Ils montraient en effet la bâtisse du doigt, et Lisa comprenait confusément quelques mots à mesure qu'ils s'approchaient :

« Cette fois, il va obéir ! cria le premier, que Lisa baptisa immédiatement monsieur Muscle en raison de sa carrure.

– T'énerve pas, ça sert à rien ! répondit le second, à qui ses oreilles décollées et son air ahuri valurent le surnom de Simplet.

– Je m'énerve pas ! Il travaille pour nous, c'est tout ! Je vais lui apprendre !

– Tu l'as à moitié tué la dernière fois, alors t'arrêtes ! Sinon, c'est toi qui feras le boulot ! »

Simplet faisait tout son possible pour calmer son ami.

Le troisième garçon, à la différence de ses deux compagnons, inspirait immédiatement le respect. Son visage émacié montrait une sévérité que Lisa n'avait jamais rencontrée ailleurs que chez un adulte, et ses yeux délavés semblaient vides de toute expression, au point que la jeune fille se demanda s'il n'était pas aveugle.

Il fit taire les deux autres d'un simple mouvement de la main et rendit sa décision d'une voix douce, et pourtant si précise que Lisa comprit chaque mot.

« Il obéira, ou tant pis pour lui ! Sortez-le ! »

À la surprise de Lisa, monsieur Muscle et Simplet firent le tour de la grange et marchèrent jusqu'à la cabane à outils. Ils étaient à moins de vingt mètres de la jeune fille, qui aurait donné toute sa réserve de lait condensé pour s'enfoncer sous terre.

Monsieur Muscle attrapa une clé dissimulée sous une tuile du toit de la cabane et déverrouilla la porte qu'il ouvrit à grand fracas.

« Allez, sors de là ! »

Lisa vit apparaître un jeune garçon sur le seuil du cabanon. Il se protégeait les yeux de l'éclat du jour.

Pour autant que Lisa puisse en juger à cette distance, ses cheveux roux, ses taches de rousseur et ses yeux verts donnaient au garçon l'air d'un elfe espiègle.

L'agrippant chacun par un bras, monsieur Muscle et Simplet le tirèrent sans ménagement vers l'avant de la grange. Ils y rejoignirent leur compagnon, que Lisa avait désigné comme le Seigneur.

« Pourquoi n'as-tu pas installé les collets comme je te l'avais ordonné ? demanda Simplet.

– Tu n'as pas nettoyé les chambres ! hurla monsieur Muscle.

– Et le déjeuner que tu devais préparer ? » reprit Simplet.

Le garçon, toujours solidement maintenu par les deux autres, restait immobile sous cette avalanche de hurlements. Mais il releva brusquement la tête.

« Foutez-moi la paix ! cria-t-il. J'veux pas travailler pour vous ! »

Il se débattit quelques instants sans parvenir à se libérer de l'étreinte de ses gardiens.

« Je me fiche de votre guerre ! hurla-t-il.

– Ça suffit ! »

La voix du Seigneur figea le garçon sur place.

« Tu n'as pas l'air de comprendre la situation. On a une mission à remplir et tu nous aideras, que tu le veuilles ou non ! »

Il désigna le garçon du doigt à ses deux compagnons :

« Enfermez-le ! Pendant trois jours ! Ni lumière, ni eau, ni nourriture !

– Trois jours sans eau ? balbutia Simplet. Tu crois... »

Le seigneur lui imposa le silence d'un geste de la main.

« Trois jours ! Emmenez-le ! »

Le Seigneur avait à peine élevé le ton, mais sans plus protester ses deux acolytes entraînèrent le garçon derrière la grange, le poussèrent sans ménagement à l'intérieur de la cabane et verrouillèrent la porte.

Lisa resta un instant interdite après ce déchaînement de violence. Que faisaient ces garçons dans cette grange ? Qui était leur prisonnier ? Elle se ressaisit vite : les trois enfants-guerriers étaient entrés dans la bâtisse, elle pouvait tenter de se rapprocher. Avec d'infinies précautions, elle avança à quatre pattes jusqu'au mur arrière du bâtiment et entreprit de le contourner. Elle découvrit enfin une fenêtre et se redressa silencieusement. Ses yeux arrivaient au quart inférieur de l'ouverture ; elle risqua un œil à travers le carreau sale.

Le Seigneur et ses deux complices se tenaient debout devant une table où étaient entassés des outils, faux, haches, serpes ou fourches. Ils les inspectaient un par un, retenant ceux qui pourraient leur servir d'armes.

« On a des armes, mais on n'est pas encore assez. Espérons que Luc reviendra avec des renforts. »

C'était le Seigneur qui venait de parler.

« Assez pour quoi ? demanda monsieur Muscle ?

– Il y en a sûrement d'autres qui ont survécu. Il va falloir s'organiser. Trouver de la nourriture. Dès que nous serons assez nombreux, nous irons vers la ville la plus proche.

– On pourra sûrement y trouver de l'aide ! » observa Simplet.

Le Seigneur le regarda et, froidement, le gifla.

« Espèce de crétin ! On va la prendre, cette ville, on va trouver les habitants qui restent et ils travailleront pour nous. »

Lisa en avait assez entendu. Elle repartit sur ses pas jusqu'à la cabane. Monsieur Muscle avait remis la clé dans sa cachette et il ne fallut que quelques secondes à Lisa pour ouvrir la porte.

Étendu sur un simple tas de paille, le garçon contempla avec stupéfaction l'inconnue qui venait le libérer. Celle-ci comprit en un éclair qu'il allait hurler de joie. Elle se précipita sur lui et le bâillonna de la main.

« Pas un bruit ! On décampe ! »

Avant de courir vers le bois, Lisa prit soin de refermer la porte, pour que les autres découvrent le plus tard possible la disparition de leur prisonnier. Ils s'enfoncèrent dans la forêt, courant sans s'arrêter pendant une dizaine de minutes, malgré les branches basses qui leur fouettaient le visage et les ronces qui leur entravaient les pieds.

Lisa se jeta enfin à terre au pied d'un chêne, bientôt imitée par le garçon roux. Il leur fallut longtemps pour reprendre leur souffle et se lancer dans les indispensables explications. Lisa en profita pour examiner son compagnon de fuite. Elle remarqua pour la première fois la blessure qui courait sur presque tout son front, dissimulée par les cheveux en bataille ; à l'évidence, elle était récente.

« C'était quoi, là-bas ? C'est qui ces types ?

– Des dingues, de vrais dingues ! Quand je pense que je croyais qu'ils allaient m'aider ! Le garçon criait presque.

– Attends, pas si vite ! Raconte ! Et c'est quoi, ton nom ? » demanda Lisa.

12

Pierre vivait dans une ferme avec ses parents. Fils unique, il passait le plus clair de son temps libre à traîner dans les prés et les bois, construisant une cabane après l'autre et les occupant tour à tour. Le printemps venu, il y dormait certains soirs ; il préparait alors quelques provisions, prenait son sac de couchage et, simplement éclairé par le clair de lune ou par une lampe de poche quand le ciel était obscurci par des nuages, il s'enfonçait dans la nuit vers l'un de ses repaires.

Cette éducation très libre avait précocement forgé le caractère de Pierre. Ses parents investissaient toute leur énergie dans l'exploitation d'un domaine trop grand pour eux, et l'enfant avait dû supporter très tôt des obligations sans rapport avec son âge : ainsi déjeunait-il seul, printemps, été et automne, alors que ses parents étaient aux champs.

Chaque matin et chaque soir, il parcourait à vélo les quinze kilomètres qui séparaient la ferme de la ville où il venait d'entrer au collège, celui que fréquentait Lisa.

Pourtant, celle-ci ne se souvenait pas avoir jamais croisé le garçon. L'explication était simple : Pierre s'était vite lassé de faire la route, mais aussi de pénétrer dans une bâtisse qui, après toutes ces années passées dans les arbres, sur les berges des rivières, dans les prés, n'était pour lui qu'une prison.

Il continuait donc à quitter la ferme chaque matin en semaine, tandis que ses parents avaient déjà quitté la maison, mais son vélo ne le menait jamais beaucoup plus loin que les quelques kilomètres suffisants pour être certain ne pas les rencontrer par hasard.

La nuit de la Disparition, Pierre dormait dans l'une de ses cabanes, une simple plate-forme coincée entre les branches maîtresses d'un grand arbre. Comme souvent, il avait été réveillé au petit matin par les premiers rayons du soleil, dont la chaleur était bienvenue après une nuit de fraîcheur.

Mal réveillé encore, il dégringola de la cabane par l'échelle de corde et se dirigea vers sa maison, à quelques minutes de marche. À cette heure, il trouverait ses parents à la cuisine avant qu'ils partent aux champs, et il se réjouissait à l'avance de ces quelques moments de chaleur familiale.

Découvrant la maison vide, Pierre avait fait le tour des champs, puis des exploitations environnantes, au moins celles qui faisaient partie de la même coopérative que la ferme de ses parents. Chacune était vaste, et il avait fallu la journée au garçon pour les visiter toutes. De retour à la ferme, il avait compris que l'absence de ses parents allait durer.

Il avait passé les premières semaines, seul dans la maison. Comme souvent à la campagne, les provisions de nourriture étaient abondantes ; elles vinrent néanmoins à s'épuiser rapidement, car une partie des réserves étaient stockée dans de grands congélateurs qui, comme en ville, cessèrent de fonctionner faute d'électricité.

Il lui fallut quitter la ferme. Il partit à vélo vers Commentray, suivant la route qu'il empruntait autrefois pour se rendre au collège ; la feuille qu'il avait punaisée sur la porte indiquait la direction qu'il comptait suivre. Il n'avait croisé aucune âme qui vive ; les tracteurs étaient immobilisés au milieu des champs, le maïs et le blé commençaient à sécher sur pied faute d'arrosage.

À force de scruter la campagne à la recherche d'une trace de présence humaine, il n'avait pas pris garde à un virage assez sec du chemin, qu'il croyait pourtant connaître par cœur. La chute avait été assez violente ; il avait donné de la tête contre une pierre et s'était évanoui.

À son réveil, Pierre était allongé sur un matelas dans un coin de la grange. Il avait accueilli avec joie la rencontre avec les trois adolescents qui l'occupaient, les premières personnes qu'il rencontrait depuis plusieurs semaines.

Ils l'avaient trouvé sur le chemin et avaient soigné l'entaille profonde qui barrait son front. Mais le garçon avait vite trouvé étrange le comportement de ses hôtes. Celui qui semblait être le chef lui avait expliqué que la Disparition était l'occasion rêvée de prendre le pouvoir, qu'il allait recruter une armée pour imposer sa loi aux quelques humains qui avaient survécu.

Pierre avait refusé de se joindre à eux. Il avait trop l'habitude de la solitude pour supporter d'obéir aveuglément à trois garçons quasiment en uniforme. Ils l'avaient donc pris de force à leur service, le contraignant à toutes les corvées de cuisine et de nettoyage, l'enfermant dans la cabane à outils dès qu'ils s'éloignaient de la grange. Apparemment, ils exploraient méthodiquement toutes les fermes alentour pour se procurer de la nourriture et des armes.

Semaine après semaine, Pierre avait vu de nouveaux venus rejoindre la petite troupe. Il y avait donc d'autres survivants, et cette constatation avait décuplé sa résolution de fuir à la première occasion. Quand Lisa l'avait délivré, les autres guerriers étaient partis pour leur expédition quotidienne à la recherche de ravitaillement et de nouvelles recrues, laissant seuls à la grange leur chef et les deux compagnons qui formaient sa garde rapprochée.

« Ces malades veulent prendre Commentray dès qu'ils seront assez nombreux ! »

Lisa haussa les épaules. Pour ce qu'il devait en rester maintenant, de Commentray !

« Ils sont au moins vingt ! Ils disent qu'ils vont reconstruire le monde à leur manière, et que les autres survivants devront se rallier de gré ou de force. Entre eux, ils s'appellent les Faucheux ! »

Lisa pensa à Élias. Que feraient les Faucheux quand ils découvriraient l'évasion de Pierre ? Peut-être précipiter les opérations et essayer de prendre le contrôle de la ville sans attendre ?

« Et le message ? demanda la jeune fille.

– Tu l'as trouvé ? J'y croyais pas une minute ! J'ai profité d'une corvée de flotte pour le balancer discrètement à la rivière.

– Je l'ai trouvé, à moitié effacé, mais j'ai compris qu'il suffisait de remonter la rivière.

– Pas mal, opina Pierre. Je veux dire, pour une fille de la ville », ajouta-t-il après un instant.

Lisa le regarda, surprise. Elle sentait que ce garçon avait le pouvoir de se rendre parfaitement exaspérant.

« À toi ! poursuivit Pierre. Alors, qu'est-ce que tu fiches ici ? »

Élias ouvrit les yeux. Il était allongé dans la poussière d'une allée du square Courantyne, à quelques mètres de la maison choisie par Lisa. Il faisait nuit, mais la clarté de la lune lui permettait de discerner la cime des arbres qui ondulaient légèrement au gré du vent.

Il se redressa sur un coude ; plusieurs ombres l'entouraient, qu'il n'arrivait pas à reconnaître faute de lumière.

« Betty, c'est toi ? demanda-t-il d'une voix hésitante. Guillaume ? »

Personne ne lui répondit, mais une silhouette s'avança ; aucune des autres ombres ne bougea.

L'inconnu s'approcha d'Élias, toujours étendu à terre. Il alluma soudain une puissante lampe-torche qu'il braqua sur le visage du jeune homme. La lumière était si forte que, aveuglé, il ne put distinguer les traits de l'autre, qui s'était pourtant approché à quelques centimètres de son visage.

« Il se réveille ! »

La voix était féminine.

« Montre-nous à quoi tu ressembles !

– Arrête ça ! » grogna Élias, essayant de repousser la lampe qui lui martyrisait les yeux.

La fille éteignit la torche et fit quelques pas en arrière.

Il fallut quelques instants à Élias pour accoutumer ses yeux à l'obscurité. Il était entouré d'une dizaine de garçons et de filles. Aucun ne semblait avoir plus de quinze ans, certains étaient de jeunes enfants. Parmi eux, il repéra Betty et Guillaume, assis sur un banc. Etaient-ils libres de leurs mouvements ?

Élias regarda plus attentivement la fille qui lui avait parlé. Elle était vêtue avec soin, d'une jupe claire et d'un chemisier blanc ; il lui donnait quatorze ans.

« Désolée pour la tête ! »

C'était à nouveau la fille qui parlait. À l'évidence, elle dirigeait la petite troupe.

« Quand on vous a vus avec les bidons d'essence, on n'a pas voulu prendre de risque. Notre ville est assez abîmée comme ça !

– C'est toi qui m'as assommé ? demanda Élias en se redressant sur un coude.

– Tu peux féliciter Johnny, répondit la fille en se tournant vers un garçon qui ne devait pas avoir plus de dix ans. Il est imbattable à la fronde. Paraît qu'il s'entraînait sur les oiseaux, avant. »

Élias se releva, caressant machinalement la bosse que la pierre lui avait faite.

« Qu'est-ce que vous faites ici ?

– On essaie de survivre, tiens ! En attendant que les adultes reviennent, on s'organise, on essaie de retaper un coin pour s'installer. »

Élias ne réagit pas. Il se demandait s'il était leur prisonnier, et pourquoi ses compagnons n'avaient pas résisté.

« On a discuté pendant que tu... dormais. Tes copains nous ont raconté votre histoire. Vous avez appris à survivre. Ça nous sera utile... »

Elle hésita un instant.

« On vous propose de venir avec nous. »

L'air était parfaitement limpide cette nuit-là. La grande ville avait perdu sa voix, et mille sons discrets étaient perceptibles, le frôlement d'un couple d'oiseaux, la douce stridulation d'un grillon, la fuite d'une souris. On pouvait oublier ces immeubles noircis par le feu, les rues envahies par l'eau, tous les signes d'une cité en train de lentement s'effondrer.

Il semblait à Élias que des années s'étaient écoulées depuis qu'il avait fui le souterrain, délivré par la Disparition miraculeuse des hommes. Quelques années encore et la ville ne serait plus que vestiges ; la nature reprendrait ce qui lui appartenait, et il ressentait cette nuit-là, plus qu'aucune des autres nuits qui l'avaient précédée, combien il désirait vivre loin des hommes.

La voix de la fille l'arracha à ses pensées.

« Alors, c'est d'accord ? Tout sera plus facile avec vous trois ! »

Élias se tourna vers ses compagnons. Il lui semblait maintenant qu'ils auraient pu venir à lui s'ils l'avaient voulu.

« Alors ? interrogea-t-il simplement.

– J'sais pas, Élias. »

C'était Betty qui s'était lancée.

« Faut peut-être se regrouper. »

Élias sentait qu'elle parlait aussi au nom de Guillaume. Ils s'étaient déjà mis d'accord, mais ils n'étaient pas sûrs de sa réaction.

« Avec nous, ils seront dix. De quoi se défendre ! »

Guillaume avait pris le relais.

Dix. Le calcul était facile. Ils ne le comptaient pas dans le lot. Pas très étonnant, en fait. Tant qu'il s'agissait de mettre le feu, ils étaient partant pour une bonne rigolade. Mais ils n'accrochaient pas trop à ses grandes théories sur le retour à la nature. Se réfugier auprès des autres nazes, ça leur convenait bien.

Élias se releva doucement. Il prit le temps de rajuster le bandeau qui ceignait ses cheveux, et fit face à nouveau à la fille.

Pour lui, ses anciens compagnons avaient déjà cessé d'exister.

« Sans moi ! » dit-il simplement. Dans un silence parfait, il se dirigea vers le portillon qui fermait l'entrée du parc, le franchit et s'enfonça dans la nuit.

13

LISA ET PIERRE avaient décidé de revenir vers Commentray. Faute d'un deuxième vélo, il aurait été impossible de rallier rapidement l'une des villes voisines ; les provisions emportées par la jeune fille ne leur permettraient pas de tenir les quelques jours indispensables.

Les deux jeunes gens avaient rejoint le chemin de la rivière et suivaient en sens inverse l'itinéraire qui avait mené Lisa à la grange, se relayant pour pousser le vélo. Ils marchaient depuis deux heures ; deux autres seraient nécessaires pour rejoindre la ville.

Sans cesser d'avancer, ils avaient partagé le dernier tube de lait concentré quelques minutes auparavant, quand Pierre s'immobilisa.

« Écoute ! »

Un bruit de moteur. Plus distinct à mesure qu'il se rapprochait. Sans hésiter, ils quittèrent le chemin et s'enfoncèrent d'une vingtaine de mètres dans le bois. Allongés côte à côte sur un lit de feuilles humides à l'odeur familière de pourriture, ils guettaient l'apparition de l'engin sur le sentier.

Quelques minutes plus tard, un tracteur attelé d'une remorque passa lentement devant leurs yeux. Monsieur Muscle conduisait, et au moins une vingtaine d'autres adolescents occupaient la remorque, certains assis, d'autres agenouillés, fouillant des yeux les bois et les berges de la rivière. Tous brandissaient des fourches ou des faux.

D'une pression sur le bras, Pierre obligea Lisa à rester immobile longtemps après le passage du tracteur ; la jeune fille en comprit rapidement la raison : quelques minutes plus tard, Simplet, à pied, équipé d'une fourche lui aussi, fit son apparition. Il fermait le convoi, espérant que de possibles fuyards sortent de leur cachette juste après le passage du tracteur.

Enfin, ils purent se relever.

Ils rejoignirent la route et reprirent leur progression vers Commentray, qu'ils atteignirent en fin d'après-midi.

La ville ne semblait pas avoir subi de nouveaux dommages ; Lisa se demandait ce qui avait empêché Élias de mettre ses projets à exécution.

Ils décidèrent de ne pas retourner à l'hôpital, de peur que les anciens prisonniers du Sout' y soient installés. Trouver un nouvel abri devenait leur premier objectif.

Ils avaient rejoint la ville par son entrée nord, et ils longeaient le centre commercial en direction de la place Pontaniak. Ils se jetèrent soudain dans l'encoignure d'une porte : le tracteur des Faucheux était immobilisé près du square, barrant la rue de Nanteuil.

Seul le conducteur était visible. Les Faucheux avaient certainement décidé de mener une première reconnaissance à pied. Ils devaient s'être déployés dans la ville, ce qui allait rendre beaucoup plus délicats les déplacements des deux adolescents.

Empruntant les petites rues, ils contournèrent la place, rejoignant la rue de Nanteuil. Ils voulaient s'abriter le plus vite possible, réfléchir à un plan avant de se lancer dans les rues de la ville. Lisa écarta l'idée de s'installer dans sa maison, car elle y avait emmené Élias. La maison des Raffard ferait l'affaire. Rejetant l'idée de rester au rez-de-chaussée, ils installèrent deux matelas dans la salle de jeu du premier étage.

Le sommeil les prit en un instant.

« Salut, Lisa ! » chuchota la voix.

La jeune fille ouvrit les yeux ; un coup d'œil lui suffit pour réaliser que le matelas de Pierre était vide. Le reste de la pièce était plongé dans l'obscurité. Lisa ne savait pas combien de temps s'était écoulé depuis qu'elle s'était endormie. Il lui semblait que le matin était encore loin.

Dans l'encadrement de la porte, une silhouette immobile la contemplait. D'autres ombres avaient pris possession de la chambre. Lisa ne les repérait qu'aux déplacements d'air presque imperceptibles qu'elles provoquaient en se déplaçant.

Lisa se redressa ; assise sur ce matelas, au niveau du sol, elle se sentait vulnérable. Mais une main posée sur son épaule l'empêcha de se lever.

« Tu n'as pas oublié le chemin, à ce que je vois. »

La silhouette dans la porte murmurait ; pourtant, la voix, sans doute féminine, semblait vaguement familière à Lisa. L'inconnue alluma une lampe-torche.

« Je suis avec quelques amis. Regarde ! »

Le rayon de la lampe arrachait à l'obscurité des silhouettes d'enfants. Ils la contemplaient tranquillement, attentifs aux ordres de la fille. Derrière la torche, Il était impossible de deviner les traits de celle qui paraissait commander la bande.

« Incroyable qu'on ait survécu toutes les deux, non ? On t'a repérée hier, avec ton copain roux, dès que tu as mis les pieds dans la ville. Juste après les soldats en herbe... On dirait que pas mal de gens ont envie de s'installer ici.

– Où est Pierre ? »

C'étaient les premiers mots que Lisa prononçait depuis qu'elle avait été surprise dans son sommeil.

« Juste à côté, t'inquiète pas », répondit la voix.

Elle fit un pas en avant. Une fille. Vêtue d'une jupe claire et d'une chemise blanche.

« Manu ! C'est toi ? »

Lisa avait tardé quelques secondes à reconnaître son ancienne voisine. Manu s'approcha du lit et s'accroupit pour amener sa tête au niveau de celle de Lisa.

« Je suis contente de te voir, Lisa ! Si contente ! C'était tellement dur ! »

Elle posa une main sur son épaule.

« J'ai hâte que tu me racontes ce qu'il t'est arrivé... Elle est réveillée ! » ajouta-t-elle plus fort.

Quelques secondes plus tard, Pierre, souriant, fit son entrée dans la pièce.

« Pierre, voici Manu. C'était ma voisine, avant...

– On a déjà fait les présentations, merci », fit le garçon.

Lisa se tourna vers son amie. Elle avait retrouvé tout son sang-froid.

« Où étais-tu passée ? C'est qui, tous ceux-là ?

– Viens, suis-moi », répondit Manu en sortant de la pièce.

La nuit de la Disparition, Manu s'était réveillée brutalement, bien avant l'aube, un pressentiment peut-être. Incapable de se rendormir, elle s'était levée. Elle avait aperçu, par les portes entrouvertes des chambres, les lits vides de son frère Max et de leurs parents.

Affolée, elle s'était habillée et précipitée dans la rue. L'électricité fonctionnait encore, les réverbères étaient allumés. Elle avait frappé à la porte de la maison de Lisa, sans réponse ; son amie n'avait rien entendu.

Après avoir vérifié que le téléphone ne fonctionnait plus, persuadée que plus un habitant n'occupait la ville, Manu avait décidé au petit matin, avant même que Lisa se réveille, de rallier la ville voisine à vélo. Le frère de son père y habitait, et Manu espérait que seule Commentray avait été touchée par le mystérieux phénomène.

Elle connaissait approximativement la route à suivre, ce qui ne l'avait pas empêchée de se perdre. Vers midi, égarée au milieu de la campagne, épuisée par une nuit trop courte et la longue randonnée à vélo, elle s'était effondrée sur un coin d'herbe, le long de la route, hésitante sur la conduite à tenir.

Le sort avait décidé pour elle quand, quelques minutes plus tard, une troupe d'enfants dépenaillés avait débouché sur la route. Aucun ne semblait avoir plus de douze ans, et la plus jeune devait en avoir six, à en juger par le doudou qu'elle serrait contre elle. Ils erraient à travers la campagne depuis plusieurs heures, suivant au hasard les routes qu'ils croisaient.

Il avait fallu beaucoup d'explications pour que Manu comprenne qu'ils étaient les seuls rescapés d'un camp de vacances qui ne devait pas être situé à plus de quelques kilomètres de là. Les autres pensionnaires et les moniteurs avaient disparu.

De l'histoire qu'ils lui racontaient, Manu avait conclu que la Disparition n'avait pas uniquement frappé sa ville, mais aussi tous les environs.

Renonçant à pousser plus loin son exploration, elle avait décidé de rebrousser chemin. Elle était un peu plus âgée qu'eux, et en plus elle connaissait Commentray ; ils lui avaient spontanément reconnu le droit de les diriger.

Ils s'étaient établis dans le quartier sud, dans les locaux d'une école primaire, ce qui expliquait pourquoi Lisa, qui n'avait exploré cette partie de la ville que quelques jours auparavant, ne les avait pas repérés.

Comme elle, ils avaient dû affronter les animaux échappés du zoo, la faim et le froid aussi, car ils n'avaient pu se procurer de source d'énergie.

Manu désespérait de trouver d'autres survivants lorsque, quelques jours plus tôt, elle avait croisé Élias et ses compagnons ; seuls ces derniers, depuis, l'avaient rejointe.

L'arrivée des Faucheux, la veille, puis celle de Pierre et de Lisa l'avaient en effet confortée dans l'idée que, bientôt, les rescapés afflueraient vers Commentray pour y trouver refuge et nourriture. La tâche était immense, mais, Manu en était certaine, ils seraient de plus en plus nombreux pour reconstruire la ville.

Quand Manu termina son récit, Lisa se faisait une idée plus juste du nouveau monde dans lequel elle vivait.

Un monde déserté, certes, mais parcouru par des petits groupes de survivants, affamés parfois, à la recherche d'un abri, sans doute prêts à s'affronter pour un toit, un reste de nourriture.

Tous les survivants étaient des enfants : les Faucheux, Élias et ses anciens compagnons, Manu et les enfants, Pierre, Lisa elle-même. Mais ils ne voulaient pas suivre le même chemin après la Disparition.

Élias semblait persuadé que les hommes étaient responsables de tous leurs malheurs, y compris ceux dont le jeune homme avait souffert dans le souterrain. Il voulait laisser la nature reprendre le contrôle de la terre, au besoin en l'aidant à finir le travail commencé par la Disparition.

Manu, elle, voulait recommencer comme avant : ressusciter la ville, réinstaller les survivants ; mais la tâche semblait insurmontable à Lisa, et presque absurde : pourquoi reconstruire une ville entière pour les quelques dizaines de personnes qui devaient errer encore dans la région ?

14

Lisa et Pierre s'étaient installés dans l'école avec Manu, Guillaume, Betty et les enfants. Lisa avait récupéré chez Anna le générateur qu'elle avait dû abandonner sous la menace d'Élias.

Betty et Guillaume se félicitaient à présent que, ce soir-là, l'arrivée de Manu les ait empêchés d'incendier la maison.

Leur confort s'en était trouvé grandement amélioré : ils avaient réussi à brancher quelques lampes, un radiateur électrique et un réchaud dans la grande salle commune qui, avant la Disparition, accueillait la sieste des enfants de maternelle et qui tenait lieu, à présent, de dortoir et de réfectoire.

Le ravitaillement n'était pas encore un problème. Un entrepôt attenant à l'école abritait un grossiste qui, avant la Disparition, fournissait la plupart des magasins de la ville en aliments non périssables. Il avait fallu faire le tri, mais les réserves restaient importantes.

Manu veillait sur l'entrepôt comme sur un trésor : il ne restait jamais sans surveillance. Ils avaient, de plus, aménagé un passage direct avec l'école en ouvrant à coups de marteau une brèche dans le mur qu'ils avaient en commun. Cela permettait un accès direct à la réserve sans avoir à passer par la rue, une précaution utile s'ils venaient à être assiégés.

Lisa et Pierre avaient été surpris par toutes ces précautions. Est-ce que Manu n'exagérait pas un peu ? Mais, au bout de quelques jours, ils avaient réalisé que l'entrepôt était sans doute la dernière réserve importante de nourriture en ville ; beaucoup d'appartements cachaient certainement encore un peu de conserves non périmées, mais ce n'était rien en comparaison de ce qui était stocké à l'école.

Ils surveillaient chaque jour la progression des Faucheux. Lisa et Manu connaissaient parfaitement la ville, ce qui leur donnait un avantage certain sur leurs ennemis. Ceux-ci se contentaient de parcourir le nord de la ville, près du centre commercial et de la rue qui abritait les maisons où vivaient autrefois Lisa et Manu. Ils avaient certainement découvert le centre de Commentray ravagé par l'incendie et, pour le moment, n'imaginaient sans doute pas que les quartiers sud étaient presque intacts.

Lors d'une patrouille, Lisa avait découvert que les Faucheux avaient établi leur camp à l'hôpital ; les lumières qu'elle apercevait au premier étage prouvaient qu'ils avaient réussi, d'une manière ou d'une autre, à remettre le générateur en marche.

Il ne faisait pas de doute pour la jeune fille qu'ils

avaient trouvé les affaires qu'elle avait abandonnées dans sa chambre avant de partir vers la rivière à la recherche de l'expéditeur du message. Ils savaient donc que la ville n'était pas totalement inoccupée.

Si un répit semblait leur être accordé du côté des Faucheux, Lisa se demandait ce qu'il était advenu d'Élias. Guillaume lui avait raconté comment le garçon avait refusé de les suivre quand ils avaient rejoint la bande de Manu. Celle-ci avait lancé les enfants à la recherche du garçon, mais sans succès.

D'après Guillaume, les souterrains s'étendaient sous une grande partie de la ville ; de nombreuses entrées permettaient d'y accéder, outre celles de l'hôpital et de l'orphelinat. Mais quand Lisa insista, Guillaume refusa de lui en dire plus. Même s'il s'était rangé pour le moment du côté de Manu, il se refusait à trahir tout à fait Élias en rompant la solidarité entre les anciens prisonniers de l'atelier clandestin.

Ce fut donc seule que Lisa partit à la recherche d'Élias. Malgré leur affrontement devant la maison d'Anna, elle n'acceptait pas la fin de l'amitié du garçon avec qui elle avait partagé tellement d'épreuves après la Disparition.

Guillaume devait avoir raison ; Élias avait certainement choisi les souterrains pour se réfugier. L'accès par l'hôpital était évidemment impossible ; Lisa se décida donc pour l'orphelinat.

La grande bâtisse triste se dressait dans l'une des rues parallèles à l'avenue Nationale qui avaient échappé au feu. On apercevait une cour intérieure pavée à travers les barreaux du grand portail couronné de pointes métalliques. Les murs semblaient tout autant impossibles à franchir, à cause du fil de fer barbelé qui en recouvrait la crête.

Le portail était fermé à clé. La jeune fille décida de faire le tour du bâtiment ; elle trouva la solution dans la rue qui longeait l'orphelinat. Une fenêtre s'ouvrait au deuxième étage, à quelques mètres au-dessus d'un camion stationné dans la rue. Lisa ouvrit la portière du camion et baissa la vitre côté conducteur. Maintenant, elle pouvait se hisser sur le toit en appuyant le pied sur la portière. Mais elle était encore un peu trop basse pour atteindre la fenêtre.

Un chantier était abandonné quelques mètres plus loin. Lisa y trouva une planche qu'elle hissa à grand peine, puis qu'elle cala entre le toit du camion et la fenêtre. À quatre pattes sur ce pont improvisé, elle avança avec mille précautions au-dessus du vide qui la séparait de la fenêtre et pénétra dans l'orphelinat.

La pièce était obscure ; elle alluma sa torche et découvrit un dortoir de grande taille. Elle dénombra au moins vingt-cinq lits, écartés de moins de cinquante centimètres les uns des autres, un espace tout juste suffisant pour glisser une chaise qui tenait lieu de table de nuit. Une série de casiers métalliques, comme on en voit dans les vestiaires des installations sportives, couvrait l'un des murs.

Certains étaient entrouverts, et Lisa ne put résister à l'envie d'y jeter un coup d'œil. Ce qu'elle y trouva lui serra le cœur : dans la partie basse de chaque casier, un bleu de travail ; en haut, quelques affaires personnelles : un livre écorné, une photo rendue floue par le passage des années, un petit miroir, un harmonica.

Le dortoir ouvrait sur une salle de bains aussi triste que la pièce précédente : une dizaine de lave-mains, trois cabines de douche. Quelques pauvres trousses de toilette attendaient encore leurs propriétaires sur les tablettes qui surmontaient les lavabos.

Poursuivant son exploration, Lisa traversa la salle d'eau et parvint à un palier. Elle supposa que les autres portes donnaient sur de nouveaux dortoirs, peut-être aussi sur les appartements des surveillants, et décida de descendre l'escalier vers le rez-de-chaussée.

En bas, une porte métallique attira son attention. Outre trois verrous, elle était équipée d'un judas, une précaution plutôt rare à l'intérieur d'un bâtiment.

La jeune fille supposa immédiatement qu'il s'agissait de l'accès par lequel les pensionnaires de l'orphelinat gagnaient les ateliers. Elle examina la porte. Les verrous n'étaient pas tirés, un indice peut-être qu'Élias avait emprunté ce chemin. Elle marqua un temps d'arrêt – elle n'avait pas oublié son dernier voyage dans les souterrains – puis elle ouvrit.

Derrière la porte, un couloir s'enfonçait sous terre ; le plafond était tellement bas que Lisa devait courber le dos. Après une vingtaine de mètres, le tunnel débouchait sur une grande salle circulaire dont les parois étaient creusées à même le rocher.

À la différence du couloir, la pièce était légèrement

éclairée par une lumière tamisée provenant d'un puits de lumière qui devait déboucher quelque part dans la rue. L'endroit était sommairement meublé d'un lit de camp, d'une table et d'une armoire métallique dont l'une des portes, arrachée, gisait à terre.

À part celle que Lisa avait empruntée, quatre autres portes donnaient sur la grotte. La jeune fille supposait que, de cette salle, partaient les couloirs qui menaient aux différents ateliers.

La main sur la poignée de l'une des portes, elle hésitait. Une voix familière interrompit ses réflexions.

« Bienvenue dans mon palace ! Que me vaut l'honneur de ta visite ? »

Elle fit volte-face. Élias était là, l'air sarcastique, dans l'encadrement de la porte que Lisa venait d'emprunter.

« Élias ! Comment m'as-tu trouvée ? demanda la jeune fille, oubliant que quelques minutes plus tôt elle était le chasseur et lui la proie.

– Je n'ai raté aucun de tes mouvements depuis ton numéro d'équilibriste dans la rue, répondit-il, un grand sourire aux lèvres. Pour le boulot de cambrioleur, évite, on te détecte à deux cents mètres ! »

En quelques phrases, Élias avait effacé la tension que Lisa craignait de ressentir quand elle retrouverait le garçon. Il semblait loin, l'adolescent froid et cassant qui voulait incendier la maison d'Anna.

« C'est Guillaume qui a craché le morceau ? Ou Betty ? »

Il posait la question de l'air de celui qui n'est pas

intéressé par la réponse. Mais il n'en était rien ; Lisa était certaine que, malgré leur séparation, l'amitié avec les deux autres rescapés des souterrains comptait beaucoup pour Élias.

« Aucun des deux ; j'étais certaine que tu te réfugierais en terrain de connaissance. Qu'est-ce que tu as fait, tous ces jours ? »

Lisa regarda plus attentivement le garçon ; pâle, les yeux cernés, les joues ombrées par une barbe à peine naissante, il semblait épuisé.

Élias ne répondit pas directement à la question.

« C'est pas trop facile de se débrouiller seul, finalement. J'osais pas dormir de peur que ces espèces de soldats à la manque n'arrivent jusqu'à moi par les souterrains de l'hôpital.

– Tu connais les Faucheux ?

– Eux aussi, ils auraient du mal à avoir leur diplôme de discrétion. J'étais sur le toit du centre commercial quand ils sont entrés en ville avec leur vieux tracteur... Mais leurs fourches ont l'air beaucoup plus neuves ! ajouta-t-il après un instant.

– Tu savais où nous étions ? » demanda Lisa, même si la réponse était évidente.

Élias se contenta de sourire, puis répondit par une autre question.

« Ta copine veut toujours reconstruire un monde meilleur ? »

Lisa réfléchit un instant.

« Elle veut juste voir revivre cette ville, tu sais. Sans l'abandonner aux Faucheux.

– Tu crains pour votre entrepôt ? » fit Élias.

Il savait ça aussi !

« Quand ils n'auront plus à manger, ils viendront dans le quartier sud ; on aura le choix entre fuir et leur abandonner les réserves, ou les combattre, expliqua Lisa d'une voix dont le calme la surprit elle-même.

Pourtant, elle venait seulement de réaliser que la guerre était inévitable.

« Vous n'avez aucune chance. Ils sont plus nombreux et ils sont armés », lança Élias froidement.

Lisa avait remarqué qu'il avait dit « vous ». Il n'avait pas décidé de les rejoindre.

« Quand j'étais dans le Sout', je rêvais comme tous les autres que mes parents n'étaient pas morts, reprit Élias. Ils m'avaient abandonné, peut-être, ou j'avais été enlevé, mais j'étais certain que je les retrouverais. J'y pensais chaque jour. Maintenant je suis sorti, mais je sais que je ne les reverrai jamais ; que je ne saurai même jamais pourquoi on a été séparés. »

Lisa fit quelques pas vers le garçon. Doucement, elle lui prit la main.

« Je crois que je suis orpheline aussi, tu sais. Je crois qu'on est tous orphelins. »

Le garçon la regarda. Son visage ne montrait plus son ironie habituelle.

« Pendant quelques mois, on a eu un surveillant qui pensait à autre chose qu'à nous cogner ou à nous hurler dessus. Il s'appelait Tom. J'imagine qu'il avait besoin du boulot. Peut-être aussi qu'il se disait qu'il pourrait nous rendre la vie plus facile.

– Il aurait plutôt dû aller raconter tout ce qui se passait dans les ateliers ! s'exclama Lisa.

– Il nous racontait des histoires, il nous laissait jouer un peu. Pour la première fois, j'avais l'impression que quelqu'un s'occupait de moi. Tu peux pas imaginer comme ça faisait du bien. Et puis un jour il est parti, personne nous a expliqué pourquoi. »

Les larmes coulaient sur les joues du garçon.

« Je me souviens d'un poème qu'il nous récitait :

J'ai pris le rouge, je l'ai mis sur mon front.
J'ai pris l'orange, je l'ai mis sur ma bouche.
J'ai pris le vert, je l'ai mis sur mon torse.
J'ai pris le bleu, le bleu.
J'ai pris la poussière, je l'ai mise sur mes joues.
J'ai pris la cendre, je l'ai mise dans une boîte.
Et j'ai pris l'air, l'air... »[1]

Lisa écoutait, sans presque respirer, parce que le moindre bruit briserait cet instant magique. Comme toutes ces couleurs avaient dû plaire à des enfants enfermés dans un univers en noir et blanc !

Élias se tut.

« J'imagine qu'il a pris l'air, lui aussi. Et moi, j'ai encore besoin qu'on s'occupe de moi. »

1. : Élias récite un poème de Salvatore Puglia.

15

L'AUBE POINTAIT. Le Seigneur baissa le bras ; c'était le signe qu'ils attendaient.

Fourches et faux à la main, les Faucheux se déployèrent ; ils descendaient vers le quartier sud, chacun vérifiant une rue.

« C'est parti ! »

Pierre, perché sur un toit, observait les mouvements cinquante mètres en contrebas.

Les Faucheux avaient reçu des renforts ces derniers jours, une dizaine de nouvelles recrues qu'avait ramenées Simplet. Le déséquilibre des forces entre cette petite armée et les quelques enfants qui attendaient l'assaut dans la petite école était évident.

Il dévala l'escalier de l'immeuble ; il devait prévenir les autres.

À l'école se tenait un conseil de guerre. Malgré tous les efforts de Lisa, Élias n'avait pas voulu se rallier à la bande de Manu. La jeune fille était revenue troublée de sa rencontre avec le garçon. Elle n'était plus aussi certaine que Manu avait raison de vouloir résister par la force aux Faucheux. Lisa n'avait pas révélé aux autres qu'elle avait retrouvé Élias, qu'elle retournait le voir en secret.

« Assez hésité, Lisa ! Manu avait haussé le ton. C'est chez nous, ici. Pas question de fuir ! »

Lisa ne répondit pas et Manu reprit la parole. Sans armes, une seule tactique était possible : assaillir chaque adversaire l'un après l'autre, en faisant porter contre un seul agresseur des forces largement supérieures. Pour neutraliser leur arsenal, il faudrait agir par surprise. Une fois immobilisés, les Faucheux seraient entravés et bâillonnés puis conduits à l'école.

Manu constitua deux groupes : avec Lisa, elle prendrait la tête du premier ; le second serait dirigé par Betty et Guillaume. Chaque détachement compterait une demi-douzaine de soldats, assez pour maîtriser un adversaire. Quant à Pierre, il continuerait à surveiller l'avancée des ennemis et ferait la liaison entre les deux groupes.

L'équipe de Betty fut la première au contact. Un adolescent armé, grimé de peintures de guerre, descendait la rue Cimarosa, à environ cinq cents mètres de l'école. De petite taille et portant lunettes, le garçon n'était à vrai dire guère impressionnant. Il avançait lentement, une fourche à la main, marquant des pauses fréquentes pour examiner les façades des immeubles ; il devait avoir pour consigne de repérer toute trace d'activité derrière les fenêtres. Les Faucheux, par contre, semblaient avoir renoncé à fouiller chaque maison, une tâche qui, il est vrai, aurait exigé un temps considérable.

La bande mit immédiatement en place le dispositif prévu. Les apprentis soldats s'embusquèrent : Betty et un de ses compagnons, sous le porche qui menait à la cour d'un petit immeuble ; Guillaume et un autre garçon, sous le porche suivant. Une fille accroupie entre deux voitures, une autre derrière le kiosque à journaux.

Le Faucheux déboucha de la rue Cimarosa. Il s'arrêta, comme hésitant sur la direction à prendre. Enfin, il tourna à gauche et avança en direction de la bande.

Il était convenu que Betty donnerait le signal dès qu'il aurait dépassé le premier porche. Mais la fille cachée entre les voitures voulut observer la progression de l'ennemi ; en se redressant, elle écrasa une canette de soda abandonnée. L'ennemi s'immobilisa.

Betty retenait son souffle ; impossible de le prendre par surprise s'il n'avançait pas encore de quelques pas.

L'adolescent tergiversait ; quelques semaines auparavant, il vivait, insouciant, dans la ferme de ses parents ; il n'imaginait pas qu'il devrait mener des opérations de guerre. Le matin même, il était persuadé que la fouille serait une simple formalité, tant il était certain que la ville avait été complètement désertée. Il était tenté de rejoindre les autres, mais sans rien d'autre à raconter que : « j'ai entendu un bruit » ; il encourrait au mieux les moqueries des autres, au pire la colère du Seigneur.

Reprenant courage, il fit quelques pas. Betty se précipita, déclenchant l'assaut des autres.

Le garçon fut aussitôt submergé sous le nombre, jeté à terre et immobilisé. Sa fourche glissa à quelques mètres. La surprise avait été telle que le Faucheux n'avait même pas poussé le cri qui aurait pu alerter ses complices.

Guillaume sortit le ruban adhésif et ligota puis bâillonna leur ennemi à terre. Sans ménagement, ils le redressèrent et le conduisirent vers l'école. Quand le garçon ralentissait trop, une solide poussée dans le dos le ramenait à plus d'obéissance.

Après ce premier succès, les deux heures suivantes se déroulèrent comme ils l'avaient prévu. Malgré le temps nécessaire à ramener chaque prisonnier, six Faucheux furent bientôt enfermés dans l'entrepôt.

Mais Manu avait compté sans la réaction du Seigneur. Celui-ci se rendit compte rapidement de la disparition de ses complices ; Lisa et ses camarades avaient certes remporté quelques premiers succès, mais ils avaient aussi révélé à leurs ennemis l'existence d'une force organisée qui tentait de leur résister.

Le chef des Faucheux modifia immédiatement sa stratégie : il forma de petits groupes de cinq ou six qu'il devenait impossible d'attaquer, même en réunissant les groupes de Betty et de Manu.

Celle-ci fut prise au dépourvu par la manœuvre du Seigneur et commit alors une erreur. Elle ordonna aux deux groupes de se replier vers l'entrepôt. Mais aucun d'entre eux ne remarqua qu'ils avaient été repérés par l'un des assaillants, qui les prit discrètement en filature. Sans le savoir, ils conduisirent ainsi leurs ennemis à leur quartier général.

Quand Pierre, toujours embusqué sur les toits, comprit qu'ils étaient découverts, il fila prévenir les autres.

Mais, pour ne pas être repéré, il dut faire un large détour, et quand il rejoignit l'école, les Faucheux n'étaient déjà plus qu'à quelques centaines de mètres.

« Il faut se tirer d'ici ! »

Lisa scrutait la rue, s'attendant à voir leurs ennemis déboucher à chaque instant.

« On n'a aucune chance, Manu, continua-t-elle, reprenant sans s'en rendre compte les mots qu'Élias avait employés quelques jours plus tôt.

– Elle a raison ! On n'est pas de taille. »

Pierre avait suivi la progression des Faucheux. Il savait qu'ils avaient affaire à une petite armée.

« Vous voudriez abandonner les réserves ? Elles sont à nous ! On leur refilera les prisonniers s'ils déguerpissent ! lança Manu avec colère.

– Ça marchera jamais, Manu ! Ils s'en foutent, des prisonniers ! fit Lisa. Prenons ce qu'on peut et sortons avant d'être coincés ici !

– Tire-toi, si tu veux ! cria Manu. C'est chez moi, ici ! Je ne partirai jamais ! »

En regardant les larmes qui coulaient des yeux de son amie, Lisa comprit que celle-ci n'avait jamais accepté la Disparition ; elle espérait encore que sa vie reprendrait son cours normal, que ses parents reviendraient, que tout retrouverait sa place. Elle ne pouvait accepter d'abandonner cette ville, d'abandonner ce qui la raccrochait encore au monde d'avant.

« Je reste aussi. »

Guillaume avait parlé d'une voix claire, sans doute plus assurée que ce qu'il ressentait vraiment.

« On a de quoi soutenir un siège, ici. »

Les autres, les compagnons de Manu depuis les premières heures qui avaient suivi la Disparition, firent cercle autour d'elle ; ils avaient confiance, elle savait ce qu'il fallait faire.

« Et toi, Betty ? » demanda Guillaume en se tournant vers la jeune fille.

Betty hésita un instant, avant de répondre doucement.

« Ils sont plus forts que nous. Tellement plus forts... »

Elle lança un regard à Guillaume.

« Je reste. Avec toi.

– Les voilà ! »

Lisa avait à peine élevé le ton. Une partie des Faucheux faisaient face à l'école. Ils attendaient, hésitant sans doute sur la conduite à tenir.

« Ils ne sont pas tous là, remarqua Pierre. Les autres doivent approcher par derrière ; c'est ce que je ferais à leur place... Il faut bouger si on veut se sortir de là.

– Partez, on n'a pas besoin de vous ! » lança Manu d'une voix sèche.

Elle s'approcha de Lisa, semblant se radoucir un peu.

« Vas-y, Lisa, rejoins Élias. Tu ne m'abandonnes pas, c'est moi qui te quitte. »

Lisa regarda son amie. Elle savait donc qu'Élias était caché en ville, et que Lisa l'avait retrouvé. Pourtant, elle n'avait rien dit.

Elle jeta un coup d'œil par la fenêtre.

Au milieu des Faucheux, la haute silhouette efflanquée du Seigneur venait de faire son apparition. Il devait distribuer les ordres ; l'assaut était imminent.

« Viens, Lisa ! »

Pierre prit la main de la jeune fille et l'attira vers la porte du fond, qui donnait dans la cour de l'école. Plus loin, derrière le grillage qui clôturait la cour, la rue était encore déserte. Le portail était verrouillé ; ils durent l'escalader puis s'éloignèrent de l'école au pas de course.

Une clameur retentit. L'assaut avait commencé. Cent mètres plus loin, ils se jetèrent dans une autre rue... face aux Faucheux qui contournaient l'école pour l'attaquer par l'arrière.

« Attrapez-les ! »

Les Faucheux se ruèrent vers eux. Lisa et Pierre se précipitèrent vers l'immeuble le plus proche. Le porche donnait sur une petite cour qu'ils traversèrent au pas de course. Ils entendaient déjà les cris de leurs poursuivants.

Dans le hall, un escalier desservait les étages.

« Pas par là ! On va se faire coincer ! » cria Pierre.

Il se précipita vers une porte, l'ouvrit : un escalier descendait vers les caves. Ils le dévalèrent quatre à quatre, espérant que les Faucheux ne les avaient pas vus.

« Arrête ! Il y a de la flotte ! » cria Pierre.

Il remonta deux marches. La cave était inondée.

Lisa et Pierre étaient dans le noir complet. Au bout de quelques minutes, la jeune fille remonta à tâtons l'escalier de la cave, jusqu'à la porte qu'elle entrouvrit millimètre par millimètre. Elle découvrit deux garçons armés qui bloquaient toute sortie vers la rue. Les autres avaient disparu. Mais un cri la renseigna vite :

« Personne au premier étage ! »

Ils étaient en train de fouiller l'immeuble, pensant que les deux fugitifs s'étaient réfugiés dans l'un des appartements. Mais, par précaution, ils avaient laissé deux gardes en faction. Et il ne faisait guère de doute qu'après les étages, les Faucheux viendraient inspecter les caves.

À l'école, la situation était critique. Plutôt que d'attaquer directement, les Faucheux avaient choisi l'entrepôt. Manu n'avait pas imaginé que l'assaut se déroulerait ainsi. En quelques instants, le bâtiment avait été investi, les prisonniers libérés, et les Faucheux envahissaient l'école par la brèche pratiquée dans le mur.

Les adolescents n'eurent que quelques secondes pour se précipiter au premier étage, où ils entreprirent de se barricader dans la grande salle qui servait de réfectoire avant la Disparition. Ils poussèrent toutes les tables contre la porte et attendirent l'assaut final. Mais rien ne vint.

« Qu'est-ce qu'il font ? » murmura Betty.

La fumée qui passait sous la porte et une odeur de brûlé lui donnèrent la réponse : l'école était en feu.

« Ces salauds ont mis le feu ! » hurla Guillaume.

En proie à la panique, ils repoussèrent les tables. Mais quand enfin ils purent ouvrir la porte du réfectoire, ils découvrirent un brasier infranchissable.

En bas, la situation n'était pas meilleure. Pendant qu'une partie des Faucheux poursuivaient les adolescents, une autre avait entrepris de vider l'entrepôt : le Seigneur voulait ramener les provisions au quartier général de l'hôpital. Mais une mauvaise surprise les attendait : la porte de l'entrepôt était bloquée.

Empruntant le passage dans le mur, les Faucheux refluèrent vers l'intérieur de l'école. Ils y rejoignirent leurs compagnons, aux prises avec le feu qui venait de se déclarer. Toutes les issues étaient verrouillées.

« Enfoncez les portes ou les fenêtres ! » beuglait le Seigneur à ses soldats paniqués.

Mais avant que quiconque ait pu ouvrir une voie vers l'extérieur, l'école tout entière s'embrasa et s'effondra dans un fracas de tonnerre.

« Il reste le sous-sol ! Amenez une torche ! »

La voix provenait d'en haut. Quelqu'un venait d'ouvrir la porte des caves.

Un peu de lumière arrivait maintenant à Pierre et Lisa, leur permettant d'examiner le piège où ils s'étaient eux-mêmes jetés. Ils découvrirent un couloir, entièrement inondé d'eau, et les portes d'une douzaine de locaux de rangement. Sans outil, comment espérer forcer les solides cadenas qui les verrouillaient ? Et même s'ils y étaient parvenus, ils n'auraient fait que s'enfoncer un peu plus dans une voie sans issue.

Alors que les pas qui descendaient l'escalier se faisaient de plus en plus précis, ils remarquèrent une porte métallique différente des autres.

« Essayons celle-là. »

Ils descendirent dans l'eau glacée, qui leur arrivait à mi-cuisse, et avancèrent péniblement jusqu'à la porte. Elle n'était pas verrouillée, et ils parvinrent à l'ouvrir malgré la pression de l'eau.

« C'est inondé ! » cria une voix à quelques mètres.

Ils espéraient qu'ils allaient renoncer à fouiller.

« Vérifie quand même ! »

La réponse venait du hall de l'immeuble, sans doute du chef du petit détachement. Le garçon jura à voix basse et descendit dans l'eau.

Lisa et Pierre disposaient de quelques minutes, le temps que l'autre vérifie les cadenas des cinq ou six portes qui le séparaient de la pièce où ils s'étaient réfugiés. Ils avaient perdu leur maigre source de lumière quand la porte des caves s'était refermée et ils avaient eu à peine le temps de discerner l'intérieur de la pièce : ils étaient dans la chaufferie de l'immeuble.

Ils entendaient le Faucheux progresser péniblement dans l'eau, jurant toujours. Il devait être tout près, à en juger par le bruit des cadenas qu'il secouait l'un après l'autre. Le froid envahissait les deux adolescents, ajoutant au désespoir de leur situation. Pierre avait fermé les yeux. Il étreignait Lisa de toutes ses forces.

« Regarde ! » souffla la jeune fille.

Il rouvrit les yeux. Au fond de la chaufferie, une trappe s'ouvrait juste au-dessus du niveau de l'eau, dévoilant la lumière d'une lampe de poche.

« Vous venez ou vous restez encore un peu à la piscine ? » demanda la voix d'Élias.

Quelques heures plus tôt, Élias, confortablement installé sur le toit de l'orphelinat, suivait lui aussi la progression des Faucheux. Quand il devint évident qu'ils se dirigeaient vers le sud et que la rencontre avec Lisa et les autres était inévitable, il se décida à agir. Il n'avait pas voulu se rallier à Manu, mais il ne pouvait pas l'abandonner face à ceux qu'il considérait comme des envahisseurs.

Élias avait passé les semaines précédentes à parcourir aussi systématiquement que possible les souterrains qui partaient du sous-sol de l'orphelinat, installant des repères et établissant des plans. Il avait découvert un véritable réseau desservant presque tous les quartiers de la ville, doté de nombreuses sorties dissimulées souvent dans les caves des immeubles. Ceux qui exploitaient les usines clandestines avaient aménagé ces accès pour approvisionner les ateliers et peut-être aussi pour se ménager des issues de secours en cas d'intervention de la police.

Élias tenta une sortie à quelques dizaines de mètres de l'arrière de l'école. Depuis qu'il savait que Manu, Lisa et les autres s'y étaient installés, il avait pris un soin particulier à repérer les sorties du souterrain les plus proches. Il émergea dans le local de service d'un parking, noyé sous dix centimètres d'eau comme presque toutes les constructions sous le niveau de la rue, puis rejoignit l'entrée avec précaution, juste à temps pour apercevoir Lisa et Pierre s'engouffrer dans un immeuble pour échapper aux Faucheux qui les poursuivaient.

Il connaissait cet immeuble ; il savait donc qu'il cachait dans les caves un accès aux galeries. Il espérait simplement que Lisa et Pierre n'auraient pas la mauvaise idée de s'échapper en direction des toits, et que le passage ne serait pas inondé, comme beaucoup de ceux qu'il avait repérés dans les sous-sols de la ville.

Avant de porter secours à ses deux amis, il voulait d'abord voir la situation des autres. Restant dans la rue, il contourna l'école et, prenant abri des voitures stationnées, s'approcha suffisamment pour voir que l'assaut avait commencé. Par les fenêtres du bâtiment, il distinguait la confusion qui régnait à l'intérieur.

Au bout de quelques secondes, il comprit que la situation n'était pas celle qu'il imaginait. Les silhouettes qui s'escrimaient contre les portes et les fenêtres étaient celles des assiégés, mais aussi celles des Faucheux. À cet instant, il aperçut la fumée et les flammes, qui étaient devenues assez fortes pour transpercer la toiture.

Pourquoi n'essayaient-ils pas de sortir par l'entrepôt ? Élias reporta son regard vers la grande porte et vit la grosse chaîne qui la bloquait de l'extérieur. Il n'hésita pas un instant : il devait ouvrir cette porte pour libérer ses amis, et tant mieux si les Faucheux en profitaient aussi.

Il fit quelques pas vers l'école, mais il sentit aussitôt l'intensité du brasier rougir la peau de son visage. Sortant un mouchoir de sa poche, il s'en couvrit la figure et courut vers la porte de l'entrepôt. Il n'en était plus qu'à quelques mètres quand l'école entière s'embrasa, obligeant le garçon à reculer précipitamment. Il ne savait pas si Manu et les autres étaient toujours à l'intérieur, mais, quoi qu'il en soit, il n'y avait plus rien qu'il puisse faire.

Il courut au parking, reprit les souterrains jusqu'au passage qui débouchait sous l'immeuble où il avait vu Lisa et Pierre se réfugier.

Le passage n'était pas inondé ; il était arrivé à temps pour les récupérer, les attirant dans le passage quelques secondes avant que le Faucheux entre dans la chaufferie.

16

« On dirait que c'est fini », dit Pierre.

Ils n'avaient pas vu de flammes depuis au moins une demi-heure.

L'école avait brûlé encore longtemps après la tombée de la nuit mais le feu, cette fois, ne s'était pas étendu au reste de la ville. Les Faucheux qui poursuivaient Lisa et Pierre avaient dû s'enfuir.

Empruntant les souterrains, les trois adolescents s'étaient réfugiés sur le toit de l'orphelinat.

Lisa osa poser la question la première :

« Qu'est-ce qu'on fait maintenant ? »

Ni Élias ni Pierre ne répondirent. Lisa savait qu'ils ne pouvaient penser qu'à Manu et aux autres.

« Partons d'ici, reprit la jeune fille. Cette ville me dégoûte. »

Pierre releva la tête. Il avait les yeux rougis par la fumée, les larmes, la fatigue. Il ne ressemblait plus au garçon espiègle que Lisa avait rencontré quelques semaines plus tôt dans la forêt.

« Pour aller où ? demanda-t-il enfin.

– Essayons de rejoindre une autre ville, répondit-elle. Il y a peut-être d'autres survivants ailleurs. En vélo, il y en a pour deux jours, au maximum. »

Élias redressa lentement la tête.

« Je croyais que c'était ta ville ! Maintenant, tu veux partir ?

– Manu ne voulait pas partir non plus », répondit simplement la jeune fille.

Malgré la fatigue, Pierre bondit sur ses pieds, s'approcha du rebord du toit. Devant ses yeux, une ville s'étendait, salie, broyée, inondée. Désertée.

Le jour se levait, révélant au loin un paysage de collines, de forêts et de prairies. Là-bas, tout semblait possible.

« En route », dit-il simplement.

Sans répondre, les deux autres se levèrent aussi. Ils prirent l'escalier, un escalier qui les enmènerait beaucoup plus loin que la sortie de l'orphelinat.

Dans la rue, le calme paraissait irréel. Lisa ne pouvait croire que, quelques heures plus tôt, la bande de Manu y affrontait les Faucheux. Quelques mètres en arrière, Élias jeta un dernier regard à l'orphelinat, la dernière trace de son enfance prisonnière. Il avait fallu qu'un monde disparaisse pour que lui revive, et cette idée le mettait mal à l'aise.

Plongé dans ses pensées, il arrêta de marcher sans même s'en rendre compte. La main amicale de Pierre sur son épaule le ramena à la réalité.

« On va traverser la campagne mais, tu verras, il y a beaucoup moins de bêtes sauvages que dans ton souterrain ! dit-il avec un grand sourire.

– Nous sommes les derniers, répondit Élias. Après nous, il ne restera qu'une ville fantôme. »

Lisa s'approcha.

« Élias... commença-t-elle, tu te souviens des souterrains, la première fois ? »

Elle avait souvent repensé à leur rencontre.

« Quand tu m'as dit que ce n'était pas toi qui m'avais enfermée... C'était vrai ? »

Elle le regardait droit dans les yeux, et Élias lui rendit son regard. Lui aussi avait gardé en mémoire ces instants.

« Je te l'ai déjà dit, Lisa, ça n'était pas moi.

– Qui, alors ? Manu ? Betty ? Guillaume ?

– Aucun des trois. Ils nous l'auraient dit, plus tard. »

Pierre écoutait avec stupeur ses deux amis.

« Il y a autre chose, continua Élias. L'incendie, à l'école...

– Eh bien ?

– Je ne vous ai pas tout raconté. Quand je suis arrivé, les Faucheux essayaient de sortir. Ils étaient enfermés. La porte de l'entrepôt était bloquée. De l'extérieur, Lisa, de l'extérieur !

– Alors ? » demanda lentement Pierre.

Élias et Lisa se tournèrent vers lui.

« Il y a quelqu'un d'autre, répondit la jeune fille. Qui était là, avant les Faucheux.

– Allez, on se tire ! Raison de plus ! » cria Pierre en se remettant à marcher.

Les deux autres lui emboîtèrent le pas. Il restait beaucoup à faire.

Quelques heures leur furent nécessaires pour récupérer à l'hôpital les cartes de la région, explorer quelques appartements à la recherche de provisions pour le voyage, trouver un vélo pour Pierre.

Vers midi, ils étaient prêts à partir. Ils roulèrent en silence jusqu'aux dernières maisons. Ils traversaient des rues rendues à la nature, envahies par la végétation, jonchées de carcasses de voitures. Il leur fallait éviter les mares d'eau, les gravats tombés des immeubles, les branches d'arbres arrachées par le vent.

Avant de sortir de la ville, ils jetèrent un dernier regard en arrière. Ils savaient qu'un jour il leur faudrait revenir pour découvrir celui qui hantait les souterrains.

« Pas de regrets ? demanda Pierre.

– Pas de regrets ! » répondirent les deux autres.

Ils se remirent en marche. Une route s'étendait devant eux, serpentant à perte de vue dans la campagne, vers l'inconnu. De leur vie passée, presque rien ne restait. Tout était à reconstruire et la tâche leur semblait immense. Mais ils étaient trois, trois amis, bien assez pour inventer un nouveau monde !

« Le premier en haut de la côte a gagné ! » cria Lisa.

DANS LA MÊME COLLECTION

- *La trilogie d'Arkandias,* Éric Boisset :

  Le Grimoire dArkandias (tome 1)
  Arkandias contre-attaque (tome 2)
  Le sarcophage d'outre-temps (tome 3)

- *Nicostratos,* Éric Boisset
- *La fiancée du Nil,* Christian Jacq
- *Carton noir,* Stéphane Daniel
- *Les oiseaux de Kisangani,* Alain Surget

20, rue Berbier du Mets - 75013 Paris
www.magnard.fr

Loi n° 49-956 du 16-07-1949 sur les publications destinées à la jeunesse.

Dépôt légal : août 2003 - N° d'éditeur : 2003/417

Illustration de couverture : Jaouen Salaün
Photogravure : Atelier Fossard

Achevé d'imprimer en août 2003 par
la Société Nouvelle Firmin-Didot, Mesnil-sur-l'Estrée (France)
N° d'imprimeur : 65034